U0905780
FONGHONG

后来的我们没有了我们

野子 著

天津出版传媒集团
天津人民出版社

图书在版编目（CIP）数据

后来的我们，没有了我们 / 野子著. -- 天津 : 天津人民出版社, 2019.6

ISBN 978-7-201-14682-9

Ⅰ. ①后… Ⅱ. ①野… Ⅲ. ①短篇小说—小说集—中国—当代 Ⅳ. ①I247.7

中国版本图书馆CIP数据核字（2019）第082411号

后来的我们，没有了我们

HOU LAI DE WO MEN, MEI YOU LE WO MEN

出　　版　天津人民出版社
出 版 人　刘　庆
著　　者　野　子
地　　址　天津市和平区西康路35号康岳大厦
邮　　编　300051
邮购电话　（022）23332469
网　　址　http://www.tjrmcbs.com
电子信箱　tjrmcbs@126.com

责任编辑　刘子伯
策划编辑　孙小野
特约编辑　张雪雅

印　　刷　三河市嵩川印刷有限公司
经　　销　新华书店
开　　本　880×1230毫米　1/32
印　　张　7
字　　数　146千字
版次印次　2019年6月第1版　2019年6月第1次印刷
定　　价　38.00元

目 录

卷首

夜，总让我想起，
那些迷失的远去的时光，
我曾流连痴迷的日日夜夜，还来不及遗忘。
白色的梦和你的气息，
迷醉的我，湿了眼眶。
我曾哭过笑过，历经沧海，
你也爱过恨过，阅尽悲伤。
生命漫无止境，我爱你如狂野，一片仓皇。
寒冷和孤独，结满惆怅，
陌生和放荡，青春激昂。
我一路执迷匆忙，荏苒了时光。
爱你的每个瞬间，都已存放他乡。
从此所见都是风情，从此所爱都是欲望。
不再日夜难安，患得患失，
也不再滋长羞耻的梦魇、卑劣的妄想。
从此你所见的都是放肆狂妄，
从此你所爱的都是孤独与夜长。
我把我的心给你，然后，
再用一世相忘。

第
1
辑

我的心里
有一列绿皮火车

少年不惧时光，

在七月的晚上，搭上列车去远方，

夜色苍茫，城市化作虚无的假象。

下着雨的站台，连泪水都惆怅。

黑透的夜里，爱似乎断了翅膀，心也跟随你去流浪。

我知道，青春太短，

驻足的爱情和许过的诺言，都已回不来，

纵然岁月无情，你已将我遗忘，

我又怎能用你来悲伤。

我的理想爱情

一

停好车，我打开手机自拍模式，对着顶灯认真检查了一遍，确定脖子上没有吻痕才下车往电梯口走。等电梯时遇到住楼上的哥们也刚回来，打了个招呼。进到电梯，他鼻子嗅了嗅，转头问我："你用香水？"

我随口回答："不用。"说完我突然想起张婷婷是用香水的："是我身上的吗？"

他又凑近我嗅了嗅："就是你身上的，你小子出去干坏事了吧！"

我一时不知如何回答，假装恍然大悟："对，我想起来了，早上我老婆喷香水的时候也给我喷了一点。"

他将信将疑地看着我，面露狡黠。

出了电梯，我仔细闻了闻，除了淡淡的烟草味，并没有闻到别的味道。或许是电梯里别人留下的呢？也有可能我闻惯了张婷婷的香水味，已经对残留在我身上轻微的味道失去了感觉。若是这样，何慧是不是也闻到过呢？这让我心里忐忑不安。

我掏出钥匙轻轻打开门，客厅一片漆黑，手机显示 12 点 28 分，这个时间何慧应该睡了。我换上拖鞋，把衣服全部换下来扔进了洗衣机。

洗澡的时候，我脑子里努力回忆近来何时和何慧亲近过，试图找到一些她已经发现此事的证据。我闭着眼睛，不知何时何慧悄无声息地钻进了浴室，从身后紧紧抱着我，吓了我一跳。我想掰开她的手，她却死死抱着我不松手。我心里十分矛盾，何慧突然绕到我面前，疯了一样地抱我，踮起脚来吻我。何慧的举止让我心生厌恶，我用力推开她，用力过猛，她撞到了浴室搁物架上。洗发水、沐浴露、润肤霜、香皂、洗液散落了一地。面对意外，我深感自责，上前扶她，想看一下她是否受了伤。何慧一把甩开我的手，浴室里雾气蒙蒙，何慧满含恨意的目光，穿过雾气，穿透我的胸腔，变成一道利刃，在我心脏上狠狠地刺了一刀。我们僵持了很久，何慧终于号啕大哭，整个身子瘫软在地上。

好不容易把何慧从浴室里弄回卧室，帮她擦干身体。躺在床上，何慧又趴在我胸口上哭起来，我耐着性子安慰了何慧很久，她哭了快一个小时，最后才迷迷糊糊睡着。给她盖好被子，我轻轻拉上门，回到次卧的床上。脑子混乱不堪。

二

和何慧结婚的时候，我经历了两段十分疲惫的感情，处于人生的低谷。何慧和她的父母都对我很好，我爸妈也十分喜欢何慧，为了催促我们结婚，给我买了房子买了车。似乎全世界都准备好了，就等着我点头，不，更像一堆狱警等着遭受刑讯逼供的犯人签字画押。

婚终归还是结了，一开始我们也还过得不错。何慧骨子里透着风情，并不像表面上看起来那么乖巧传统。遇到我之前她有过男人，但性方面的经历并不多。这再好不过。我不喜欢两类女人，一类未经人事，另一类滥情滥交。就像涮毛肚，生了熟了都不好，恰到好处才能保证口感。

何慧正是这样，身体年轻，性欲强烈，对一切都充满了憧憬和想象。我们投入了大量的精力开发彼此的身体，一起探寻性的奥秘。可是男人在性这件事上，最容易沉迷，也最容易厌倦。沉迷的是性本身，厌倦的却是某一个固定的对象。女人却不同，女人一旦爱上一个人，性就变得不重要了，至少，不是那么重要。

我和何慧的热情保持了一年就印证了这个道理。何慧的身体对我而言日渐失去吸引力，性生活对我而言变成了和吃饭睡觉一样程式化的事，鲜有新意。何慧长胖了许多的身体加速了我对她热情的消退。她原本身材丰腴，长胖之后身体的优点都变成了缺点。我们原本就没有太多共同语言，似乎只有性才能维系我们对于婚姻的热情。

所以在和张婷婷好上之后，我和何慧的性生活就急速减少，到后来几乎就没有了，我找借口搬到了次卧，单方面宣告我们开启分居模式。何慧为此哭过、闹过、质疑过，我只能以她长胖，对她失去兴趣为由，除此之外我实在找不到其他合理的理由。何慧因此开始吃减肥药，没有任何效果，反倒把胃吃出了毛病。她转向跑步、游泳、健身，我从未见过何慧如此专注于一件事，这让我内心感到愧疚。不是因为我欺骗她，而是她也许是真的很爱我吧。我努力把这种想法从脑子里赶出去，我对这种设想感到恐惧，它会让我内心惶恐不安，让我失声痛哭。我不愿被道德绑架。

认识张婷婷之前，何慧突然提出想要一个孩子。自从我们结婚以来，从来没有要孩子的打算，何慧的想法让我深感忧虑，我不知道应该如何面对孩子，更确切地说，或许丈夫的身份和角色，我还处在适应期。

但是我没有提出反对，我没有任何理由拒绝她想成为一个母亲的意愿。她情绪变得高涨，每天晚上催我上床，她又回到我们刚在一起时的状态，热情，主动，不知疲惫。可在我眼里，她不再像一只发情的母猫，性感迷人，反而变成了一台生育的机器，一点一点地榨取我的生命，只为了繁衍一个叫我爸爸的孩子。我凝视着她充满期盼的脸，透过她的双眼，再看到她眼中我自己那张忧伤无奈的脸。我在夜晚怅然若失。

从此我便不愿回家，不愿每天回家之后变为一台造人的机器。

这种情绪让我变得暴躁不安，我把客户给骂了，老板当着全公司批评了我一顿，我一气之下就辞了职。辞职倒无关紧要，我早就对那份工作感到厌恶。只是辞职之后待在家里的时间长了，这让我心烦意乱。于是我去应聘 Uber，成了一名专车司机。

三

张婷婷就是我开 Uber 认识的。和别的女乘客一样，上车不到五分钟我们就聊了起来。跑了三个月 Uber 下来，我总结出来几点：一是乘坐 Uber 的年轻女性居多，至少有 50%；二是这些女性都乐于与司机聊天，但是一半以上不会主动开口；三是一旦聊得愉快，很容易就能加到对方微信。还有一点，因为样本不多的缘故，无法证实，但是大概不会差太远，这些女生大多都单身。

明白了这个，也就明白了为什么 Uber 会变成约炮工具，特别是对那些高级车司机而言，这是一场狩猎盛宴，面对猎物不想拔弓的猎人不是好司机。

那天我和张婷婷聊得很愉快，快到目的地，她接了一个电话。张婷婷性格要强，做事果断，从她那天的通话里就能看出来。短短几分钟的通话，她细数了男友的一堆毛病，分析了他们在一起的各种利弊，以及她在这段关系里的各种付出和让步。最后，张婷婷毅然提出分手，她略微有些激动："分手！就这样！记住，是老娘甩你，明天我下班回家之前收拾好你的东西滚出我的房子。"

挂掉电话，张婷婷平复了一会儿，问我是否有烟，我把烟和打火机递给她。她娴熟地点烟，深深吸了一口，吐出一圈烟雾。突然问我："你们男人是不是都喜欢吃着碗里的看着锅里的？"我不置可否："我们到了。"张婷婷让我等会儿，她打了一个电话给朋友问是否方便借住一晚。

听电话应该是不方便，张婷婷转过头问我："你家可以让我借住一晚吗？"

"抱歉，我老婆可能不会同意。"我回答道。

"看不出来你结婚了。"

"为什么？"我感到颇为好奇。

"满嘴不正经，既会撩妹又懂套路，不像是玩够了收心的人。"

"那我只能说你判断有误。"

"也许吧！我该下车了，谢谢你，师傅，再见。"张婷婷说着打开车门下车，我还没想好应该对她说再见或是别的什么，她已经关上车门，留给我一个逐渐远去的背影。

四

遇见张婷婷之后，她就在我脑海中挥之不去，开车的时候常常突然想起她来。有天送完一位乘客，下车之后我想起来张婷婷就住在前面不远。我关掉 Uber，开到张婷婷住的小区门口。我翻出打车记录，按照时间找到了张婷婷的电话，犹豫了一会儿打了过去。

在等待张婷婷的 20 分钟里，我先抽了一支烟，又无端想起两段往事来，原本轻松的心情因为回忆变得沉重。我再次点上烟，调低座椅，打开车载音乐，放了一首郝蕾唱的《氧气》。我总是在心情低落的时候听这首歌。

对我笑吧笑吧／就像你我初次见面／对我说吧说吧／即使誓言明天就变／享用我吧／现在／人生如此飘忽不定／想起我吧／将来／在你变老的那一年／过去岁月总会过去／有你最后和我一起／所有的光芒都向我涌来／所有的氧气都被我吸光／所有的物体都失去重量／我都快已经走到了所有路的尽头

听完这首歌，张婷婷出现在了我眼前。她穿着一条小黑裙，优雅地站在我面前。突然地、意外地、情不自禁地，我居然萌生出想要和眼前这个于我而言还很陌生的女人谈一场恋爱的想法。

男人大多不喜欢太聪明的女人，比起智慧与才气，一副好皮囊更能讨男人欢心。认识张婷婷以前，我也属于这种男人。和张婷婷在一起之后，我才体会到聪明女人的好处。她们懂男人，懂分寸，明白自己，也理解对方，在男女关系里游刃有余。如果说漂亮的女人以性为诱惑，让男人享受一时的快感；那么聪明的女人以智慧取胜，让男人获得持久的满足。

我原本只想和张婷婷睡一觉，可是那一天，我不合时宜地想起曾经的两段感情，又听了郝蕾深情而惨烈的歌。我突然想要和张婷婷谈一场恋爱。

后来我们算是恋爱吧。我太久没有过那种情难自已的冲动和心甘情愿为之付出一切的决绝。我以为我不会再如此为爱痴狂。但现在我十分确认我爱张婷婷。我明白爱情是什么，更重要的是，我明白我自己。

五

当年我妈为了逼我和高中时期的女友分手，偷偷替我改了高考志愿，我去了浙江上大学。上学之后，我常常偷跑回来见女友，后来实在难忍相思之苦，大二我就辍学回来和女友在一起，我妈气得赶我出门。为了生计，我找了份餐馆的工作，在女友的学校旁边租了房子，同居在一起。

我妈是学校的教导主任，管理学生很有一套，可是她那一套对我没有用，在我身上她无从下手，只能从我女友身上下手。她跑去学校拦我女友，软硬兼施，甚至动用她的关系找到了女友父母的电话，打过去哭诉。后来我们还是被她生生拆散了。

过了两年，我在网上认识一个湖北的女孩。我们聊了三个月，互相讲述成长的经历和初恋的故事，惺惺相惜。我辞掉我妈费心为我安排的工作，去武汉找她。对我们而言，正是应了那句“世间所有的相遇都是久别重逢”。我们一见钟情，见面那一刻我就决定要留在武汉，和她在一起。

她带我回她的老家，她家废弃的老宅，隐藏在半山之中。虽是盛夏，但山上植被茂密，气温不高，夜里反倒很凉爽。院里有两株十多米高的皂角树，枝繁叶茂，几乎遮挡了所有的阳光。

我们置办了基础的生活用品，在山上住了一个月。我们每天睁开眼，眼里就是彼此。她喜欢诗歌，喜欢听民谣，喜欢穿棉麻的衣服。每天素颜，像一朵小雏菊。在我们做爱的时候她总是兴致盎然，焕发出迷人的气息。

我们每天还看书，听歌。她总读诗给我听，那些诗从她嘴里读出来，都充满了生命力，或优雅，或凄美。我深深地为她着迷，全然忘了外面的世界。

一个月后，我们下山去找工作，她很顺利就找到一份广告公司的工作；我没有毕业证，简历全都石沉大海，只能去一家咖啡厅当服务员。广告公司的工作特别忙，常常加班；咖啡厅下班也很晚，我下班早就去接她，她下班早就来等我。那时候穷，下班之后舍不得打车，我们住在华中师范大学附近，从南湖步行回去要一个小时。虽然物质条件不好，但那个时候我们轻易就能获得快乐。有人花钱哄女朋友开心，有人花钱买女朋友开心。而我，只要每天在她身边，她就能开心起来。所以我爱她，爱这种纯粹、脱离世俗的感情。

也许是我高估了自己，也太看得起爱情，咖啡厅的工作我做得很好，虽然挣的钱不多，但至少可以维持我们的生活。我一直在原地，沉迷在简单而美好的生活里。她不同，面对这个精彩的世界，她开始滋生出本能的欲望，她想要去探索这个世界，而我毫无准备，跟不上她的步伐。她第一次和别人上床的那天，我就感到了异样，那是一个男人对私人物品的第六感。和别人喝过你的水杯、开过你的车、动过你的电脑一样，你总会有所察觉。到底是哪里不一样了？我当时不清楚。她原本也不打算瞒我，从那天起，她开始刻意回避和我做爱。我明白了，她是爱上别人了。女人和男人不同，男人心里爱着一个人，往往还能和别的女人上床；对女人而言，却很难做到。何况，是她这样真诚而纯粹的女人。

我们和平分手。我毫无保留地对她献出我的心，却不能完完整整地抽离出来。我带着一身的伤痛，挤上开往成都的火车，在白天和黑夜的轮回里，企图重启我自己。

六

遇到张婷婷后，我终于发现多年过去，我始终处于待机状态。曾经的两段感情在我心里留下了不可抹去的伤痛，我以为我都忘了，其实并没有。我对过去耿耿于怀，心里留有遗憾。这样的遗憾让我对张婷婷怀有理想，却无法在这段关系里实现自我救赎。我们一生匆匆，在寻找爱情的路上频频失落，在现实的生活里错失理想。我是生活里的 Loser，一无是处。婚姻、家庭、事业，看似美好，实则丑陋不堪。我唯一可以做的是尽量不违背自己的意愿，至少这能减少我对这个世界的憎恨。

我为了张婷婷奋不顾身。第一次和张婷婷约会，就是我去找她那天。我们看电影、喝咖啡、聊音乐、谈人生。做完这些情侣约会通常会做的事，我送张婷婷回家。我当时已经彻底没有了和张婷婷上床的想法，她和我最初的想象完全不一样。但我还是特别老套地问张婷婷："你不请我上去坐坐？"

张婷婷骂了我一句"流氓"，骂完却靠上来主动吻了我。那是一个纯粹而干净的吻，让我有一种如同初恋的喜悦和感动。它没有夹杂丝毫情欲，无关道德，无关他人。我爱这种感觉。

自那天起我和张婷婷建立起了一种默契，我们仅仅是彼此吸引，享受在一起的轻松和愉悦。我们如普通恋人一样约会，只是，对我的老婆刻意不提，对张婷婷的身份刻意不谈。

七

到了下半年，开车已经赚不到钱了。正好遇到张婷婷的公司招聘，她便问我是否愿意去她的公司上班，做市场推广，其实就是跑销售。我毫无方向，不知道自己想做什么。去她公司也好，至少可以每天在一起。

何慧居然瘦了下来，恢复到了从前的身材。我依然不想和她做爱，何慧彻底抓狂了。她又哭又闹，甚至告诉了我妈。我妈问我，我老实告诉了她实情。她没有表现出惊诧，反而特别冷静地问我如何打算。她知道我一向叛逆，对她如此，对她的安排如此，对待婚姻亦是如此。我知道她不会透露我的秘密，她羞于让别人知道自己的儿子干着出轨的勾当，更不敢面对何慧以及她的父母对我们家的信任。她第一次表现出无力。我有了一种终于战胜了她的扭曲的成就感。

和张婷婷泡在浴缸里的时候，我把我妈的反应告诉了她。张婷婷笑我傻："快 30 的人了怎么还和小孩子一样。"胜利无法表达，我把张婷婷抱出浴缸，扔到床上。我站在床上，以一个胜利者的姿态俯视她。张婷婷翻身跪在床上，用身体召唤我。那一刻，我决定离婚。

我把离婚的想法告诉了我妈，她叹了一口气说："我也希望你离婚，我们家对不起何慧，你要安抚好她。"我妈如此爽快地同意我们离婚倒是有些出乎我的意料。不过想想，我妈老了，不再是当年在学校叱咤风云的教导主任，也不是当年想方设法拆散我和女友的霸道母亲。从小到大，她将我视作她生命的延续，企图左右我的人生，而现在，我大概已经让她彻底失望了吧。想到这些，我心里竟然泛起一丝悲凉来，这种悲凉和我面对何慧时的不一样。我对何慧，更多的是愧疚。我对不起何慧，对不起我们的婚姻，更不配得到她的爱。

一年多以来，我小心翼翼，不让何慧知道我有了别人。现在，我该继续骗她，找个理由和她离婚，还是向她坦白？如果，坦白我的自私和不堪，坦白我的背叛和无耻，我会心安理得吗？我对此毫无头绪。

八

我和张婷婷拿下一个大客户，回到车上，我问她想吃什么。她侧过头，咬着嘴唇看着我："我想吃你。"我拉过她就吻了上去，吻了许久，她都快呼吸不过来了。

我捧着她的脸，真诚地问她："想嫁给我吗？"

她大概有些意外，眼神闪烁，沉默不语。

"婷婷，嫁给我吧，我决定离婚了，我想和你在一起。"

"你会永远爱我吗？"

我突然想起何慧来，这个场景几乎是历史的重演，曾经她也是如此问我："你会永远爱我吗？"此时，面对张婷婷的这个问题，我之前的坚定和自信瞬间土崩瓦解。我满心疑惑，爱情对我们真的那么重要吗？所以我问张婷婷："这重要吗？"

"你若娶我自然重要。"张婷婷这样回答我。

我不能违背自己的内心，只能告诉她："我爱你，在我爱你的时候我只爱你。"

张婷婷摇摇头，长长地叹了一口气。

"继续吧。"

刘依依的一生

三年前，我一个人去北京工作，住在奥运村附近的姐姐家里。没过两个月，姐姐一家移民去澳洲，走之前把房子留给我住，车子也给我开。姐姐走后，原本热闹的家里就变得冷冷清清，每天下班回到家，只有姐姐留下的狗陪我。

我初到北京，没什么朋友，忽然想到搜一下附近的 QQ 群，找个养狗的组织。

后来我加了一个 100 多人的群，每天在群里和狗友聊天、吹牛、晒狗。群里常组织线下活动，周末带上狗去游泳、烧烤、爬山。

有一次我要去日本旅游，想把狗寄养在朋友家。我养的是阿拉斯加，体型大，也不大听话，问了两个关系还行的朋友，都不太方便。没办法，只能在群里问谁能帮我照看几天，有个经常在群里聊天的女生让我把狗送过去。正好她养的也是阿拉斯加，她没有上班，每天都在家，有时间可以帮忙照看。

我和她只限于在群里聊过天，她从没参加过我们的聚会，所以我也没见过她本人。当时已经快夜里12点，我带上狗开车去她住的小区，到了门口停好车，摸出手机给她打电话，把车牌号报给她她就挂了。过了不到一分钟，我就看到一个身着黑色吊带和半身短裙，脚踩一双大红色高跟鞋的长发女生向我的车走过来。她一只手夹着烟，一只手拿着手机，一只齐腰高的阿拉斯加跟在她身边。我没想到她是这么漂亮的女生，目光完全被她吸引。直到她走到车窗前，叫我的名字，我才缓过神来。

那是我第一次见到刘依依。后来，我无数次见到刘依依，有她穿着更性感的时候，有我们更亲密的时候，有她笑有她哭的时候，但是那一天的刘依依却在我心里留下了抹不去的印记。

刘依依本名并不叫刘依依，这是后来我才知道的。

她说，在她上班那地方，没人用真名。

我问她本名是什么，她一直都不告诉我，直到有一天收到她的结婚请柬。

上面写着：白美子。

婚礼那天，我问刘依依："你是混血？"

刘依依给我一个白眼："问我爸去。"

那天晚上，我没有想到刘依依会邀请我上楼。

我拉着狗跟在她后面，她的高跟鞋随着身姿摇曳发出"嗒嗒"的声音，听起来让人浮想联翩。我当时既紧张又期待，明明知道不会发生什么，却又带着某种男人天性的期待和幻想。

以前我也深夜进过单身姑娘的房间，但是那天晚上我特别紧张，像只无头苍蝇跟在依依后面。进房间的时候依依脱掉高跟鞋，赤脚走进去，然后转身对我说:“我这没有男拖，你穿我的吧。”

我心想，我怎么好穿她的鞋呢？但是不穿又显得过于随意。我犹豫不决，最后还是决定穿她的鞋。可是，脱掉鞋子我才发现她的鞋我根本穿不进去。

依依带着两只狗进去之后似乎进了厨房。我只好打开鞋柜看看有没有鞋套。

可是打开鞋柜我就看到一双男拖躺在里面，在一排女鞋里面，特别显眼。

趁她没注意，我轻轻关上鞋柜，赶紧穿上她的拖鞋，关上门，快速移到了沙发边上。

依依端着两杯咖啡出来，一边招呼我说:“坐吧，别那么拘束。”

后来我们一边喝咖啡一边逗狗聊天，话题几乎都围绕着狗。

带着好奇和疑问，我仔细观察起她的房子。客厅不大，一面浅黄色的电视墙，一个大红色的宜家沙发，地上铺着白色的宜家地毯。落地的大玻璃窗，浅蓝色的棉麻窗帘，三两盆绿植摆在一个白色的花架上。

卧室关着门，看不到里面的样子，但是从客厅的风格大概也能猜出来。房子里完全没有一点男人的痕迹，但是，鞋柜那双拖鞋……我隐约觉得这里面一定有故事。

坐了二十来分钟，依依说："早点回去休息吧，放心，我会照顾好它们。"

我赶紧谢过她："那我就回去了，回来的时候请你吃饭。"

依依说："好，我时间多，随时都行。"

在养狗群里，大家都用狗狗的名字作网名，只有刘依依的网名叫"刘依依的东东"。后来我才知道原来东东是一个男人的小名。我的狗叫毛毛，所以大家也叫我毛毛。旅行那几天，依依每天在 QQ 上发毛毛的照片给我看，她带着毛毛和东东散步、逛街、吃饭、睡觉、看电视。那是一种奇怪的感觉，我似乎融入了她的生活，突兀而又自然地就与她产生了某种联系。

回北京那天航班晚点，出机场已经凌晨 2 点，我不知道依依睡没睡。试探着在 QQ 上发了消息过去，结果她很快就回复了：我还没睡，要过来吗？

我拉着行李箱，二话不说就打车去了她家。

到小区门口，我从车上下来，看到依依坐在小区门口的花台上抽烟，两只狗蹲坐在她身边。我叫了一声"毛毛"，毛毛看到我就飞奔了过来。我一边摸它的头一边用余光看向我走来的依依。

“不好意思，这么晚还让你下来。”说着，我从包里掏出给依依带的礼物，递给她。

依依吐了一口烟，对我微微一笑：“没事，没烟了，正好下来买烟。”

她接过礼物，没表现出高兴也没多说什么，我心里有丝莫名的失望。

她扔掉烟头，从裤兜里掏出烟盒，问我：“抽吗？”

我说：“抽。”

也许是狗的原因，我们虽是第二次见面，但已经像熟悉的朋友。

我们坐在路边，一边抽烟一边聊天。话题也从狗开始转移到旅行、生活。好奇心作祟，我脑子里总是自动跳出那双拖鞋，我便很想问她的感情，几欲开口，还是忍住了。聊了一会儿，依依站起来背着手在我面前踱步，我就那么坐着仰望她。她突然语气严肃地问我：“你觉得小三可耻吗？”

面对突如其来的问题，我脑子一时转不过来。第六感告诉我，这个问题不会是随便问问。

可是面对我面前这个可爱的姑娘，我无法把她和小三联系在一起。

她看我一脸傻乎乎的样子，弯下腰摸着我的头问：“你傻啦？”

我伸手抓住她的手，那双手光滑而柔软，她迅速地将手从我手中抽离，表情突然之间就变得冷漠，似乎变了一个人。

“对不起，我不喜欢别人摸我的头。”我赶紧向她道歉。

她掏出一支烟，点上，递给我。

我没有接。她把烟放到我嘴边，我张开嘴叼上。

“好了，回家吧。”依依转过身对我说。

我狠狠吸了一口烟，站起来拍拍屁股，在她身后说：“依依，我不知道小三是否可耻，但是我知道爱情不可耻。”

依依没有说什么，只是回过头对我微笑，然后就带着东东进小区，我站在原地看着她渐渐消失在黑暗的夜色里。

后来，我上班特别忙，一直没有机会请依依吃饭。但几乎每天我们都会聊天，有时候我会把我拍的照片、写的诗发给她看。大概过了半个月，有一天凌晨 1 点，我正准备关电脑下班，依依给我发来消息：在吗？

我回道：在呢，正准备下班。

依依说：能过来陪我喝酒吗？

我不假思索地回复她：OK，你在哪儿？

依依说：我在家。

我说：那要买酒吗？

她说：不用。

我关掉电脑，开车以最快的速度赶了过去。

一路上我不由得猜测依依为什么找我喝酒，这个年纪的女生，十之八九和感情有关。想到上次她问我的问题，我对她充满了好奇，也隐隐地为她感到不安。

想着这些，很快就到了她家，因为一路上胡思乱想，我有些紧张，站在门外调整呼吸，过了一会儿才敢敲门。

结果情形和我想象中完全不一样，依依穿着吊带和短裤，光着脚，表情淡然，甚至看不出有任何情绪。

看到我，她淡淡地招呼："进来吧。"

我低头换鞋，鞋柜旁正是那天看到的那双男拖。

我不敢穿，还是选择穿了依依的拖鞋。

依依窝在沙发里，茶几上摆放着两瓶红酒，两个红酒杯，三盒烟，一个玻璃烟缸。

她看着我脚下的拖鞋，"扑哧"一笑："穿不上为什么不穿那双男士的？"

我有些窘迫："不敢穿。"

她哈哈哈笑起来，笑着笑着就哭起来："你这个傻缺。"

依依抱着双腿，把头埋在其中，身子微微颤抖，哭了许久。

我坐在她身边，我不知道能做什么，只好轻轻拍她的背。

那天晚上，我们抽掉两包烟，喝光了两瓶酒。

我也终于知道了依依的故事。

果然，依依是第三者。那个男人是圈子里有名的富二代，也是一家公司的老板。

他们在一起的时候依依对这一切毫不知情，她以为自己爱上的这个男人只是一个普通人。慢慢她才知道对方已有家室，那个时候她想过放弃，可是对女人来说，有时候爱情比什么都重要，为了爱情，可以做出很多连自己都意想不到的牺牲，依依正是这样一个女人。

她说他对她很好，细致入微。就连她的家人，他也照顾得很好。

在一起一年之后，她才知道对方的真实身份和家庭背景。他平时和她在一起时总是开一辆普通的迈腾，可是有一次，他有事走不开，派司机去机场接她，停在她眼前的竟是一辆宾利。她问司机，司机说那是他的日常用车。

她第一次意识到她对这个她爱了一年的男人知之甚少，他们之间所建立起来的感情似乎一直都悬在半空，随时可能坠入深渊。

她住在自己花钱租的房子里，平时的生活开销也是自己的钱，男人一般每周到她那里住两个晚上，拿过几次钱给她，她都没有收。她也不知道是多少钱，有时候是一个厚厚的信封，有时候是一张银行卡。她总觉得如果拿了他的钱，她就真的成小三了，和他在一起，她从头到尾就不是为了钱。

那个时候，她在北京一所高校读研，所以并没有别的收入。她背着他找了一份工作，在夜场上班，严格来说，是在会所里卖酒。白天她去学校上课，晚上在夜场陪酒，靠着高薪收入她得以维持高昂的房租和学费开支。

可是后来，依依发现男人在外面不止她一个女人。她说，她什么都可以不计较，但是这一点，已经触及了她的底线。所以，她带着报复心和别的男人上了床，那是她的同学，一直在追求她。依依并不是真的想要和他分开，可是和同学一夜情之后她竟然怀孕了。

喝完酒，我们窝在沙发上，依依躺在我的怀里。

她说:“今天晚上，他想和我做，我不知道为什么突然感到恶心，恶心他，也恶心我自己，就把他赶走了。他走的时候问我，是不是有别人了，我不敢承认，但是我也想让他知道，我心甘情愿不计名分和他在一起，并不是不求回报。我希望他爱我，有了我就不要再找别的女人。

“我对他说，什么时候你不在外面玩别的女人了再来找我吧。

“他什么都没说，把门一摔就走了。

“有时候我感觉自己活得很低贱，可是我不希望我的爱情也低贱卑微。我只是想要一份平等的爱情，希望他像我爱他一样爱我，你说我的要求过分吗？”

我用力抱紧依依，为她感到难过，心里又充满了愤怒。我说:“依依，忘了他吧，忘了这一切重新开始，你不该承受这些。”

依依回过头，她红着眼睛一脸微醺地看着我，欲言又止，终于主动吻上我的唇。我们忘情地接吻，我的脑子一片空白。

我把依依压在身下，我们全情投入在漫长的吻里。突然感到有一只手搭在我肩上，我身体一惊，抬起头看到一张巨大的狗脸正看着我伸着舌头喘气。我猜想东东或许是以为我把它的主人压在身下是在欺负她吧。我赶紧从依依身上爬了起来。依依哈哈大笑起来，我一头雾水，再看看东东，它似乎并不知道发生了什么，傻乎乎地看着我们喘气。

依依伸手摸了摸东东的头，叫它去睡觉，东东就自己跑到门口趴在地板上。

受到惊吓之后，我站在沙发边上，气氛有些尴尬。

依依从沙发上爬起来，拉着我的手，我跟在她身后走进卧室。我们躺在床上继续接吻，吻了一会儿，我的手慢慢摸向她的下面。依依突然抓住我的手，嘴贴在我耳边轻声说："抱着我睡觉好吗？"

她背对我侧卧，蜷缩着身体。我伸手搂着她，身体贴在她身后，一只手将她的胸握在手里。

我们没有再说话，渐渐睡了过去。

第二天一早醒来，依依还在熟睡，我没有叫醒她。

我走出房间，轻轻带上门，衣服和裤子还散落在地上。穿好衣服，东东坐在门口望着我，我摸了摸它的头，对东东说："好好陪着你妈妈。"

自那天起，我工作特别忙，常常加班。难得有时间给依依打电话，一次听到她在喧闹的KTV，一次她不在北京。我们一别就一个多月没再见过面。但是在QQ上我们还是经常聊天，我很关心她和他之间会如何发展，也在适当的时候给她一些中肯的建议。

有一天和群里的朋友在工体聚会，喝到一半突然接到依依的电话。她说让我等她，她过来。

等到人群快要散去，依依终于姗姗来迟。当时已经是深秋，她穿着一件灰色的大衣，脚下一双黑色长靴，长发披肩，身材还是和之前一样，如果不是事先知道，怎么都不会想到她是个怀孕三个多月的孕妇。

我拉过她的手，让她坐在我旁边。当时只剩下我和群里的另一个男生，我们叫他豌豆。豌豆大概也没想到群里竟有这样的美女，直勾勾地看着依依。依依一坐下，他就伸过手来要和依依握手。

依依倒是很大方，主动介绍自己。

我们毫无主题地随意聊了会儿天，依依突然对我说："我明天离开北京，去深圳结婚，你帮我照顾东东吧。"

我知道早晚会有这么一天，只是来得太突然，我一时不知道说什么好。

依依之前跟我说过，她已经和那个男人分开了。正好她研究生毕业了，准备嫁给肚子里孩子的爸爸。我不能给她任何建议，我知道那些都是徒劳，我只能告诉依依，一定不能为了孩子委屈自己。

其实依依和那个男人的分手并不顺利，他们在网上吵，在电话里吵，在她的家里吵。

当初相爱的两个人，闹到最后，那个男人竟然以在网上发布她的裸照要挟她不准离开他。他从来没有被女人甩过，无法忍受依依的背叛和离开。

依依伤心欲绝，没有想到自己深爱的男人竟然如此不堪。

她发了一段视频给对方，那是当初他用依依的手机拍的性爱视频，对方才意识到自己的疏漏，然后才罢休。

依依向我讲述这些事情的时候我极度愤怒，夹带着对依依深深的同情。明明是一个善良的姑娘啊，为什么上天要她遭受这些？

依依去深圳之后，我和她的联系就少了。偶尔接到依依的电话，和我聊十来分钟就挂了。想来婚后也不大方便，我一次都没有主动联系过她。只是每天回家见到东东，我总会想起她，会猜想她过得怎么样，此时又在做什么。

时间一晃就是几个月，到了第二年的3月，也就是依依怀孕八个月的时候，有一天早上醒来，我看到依依给我发了一条短信，她说第二天回北京，问我能不能去机场接她。看时间是凌晨3点。我马上给她回短信，询问她航班时间，她回复我：准备登机，11点落地。

我去公司处理了一下工作，早早赶去机场。等了一个小时，终于看到依依从机场里出来，她戴着墨镜，推着行李箱，挺着一个大肚子，孤身一人。等她走出来，我上前接过推车，问她："去哪儿？"

她说："去我姨妈家。"

在车上，我问依依："为什么这个时候回来？"

她说："我准备离婚了，怪我自己瞎了眼，他根本就是个人渣。结婚之后，刚开始对我还好，后来因为不能满足他的需求，他就出去乱搞。和他吵过闹过，他依然我行我素，我只能睁一只眼闭一只眼，可是没想到他居然还把陌生女人带回家，他爸妈一直劝我要为孩子考虑，我提出离婚，他们就把我的身份证藏起来。后来我装作无所谓，他们才慢慢放松警惕，我好不容易拿到身份证，找机会跑了回来。"

我深感诧异："之前打电话为什么从来没有听你提起过？"

依依看向窗外："告诉你有什么用呢？只能让你担心而已。"

我无言以对，一种无力感憋在心里，憋得难受。

依依故作轻松："你别难过，已经过去了。这次回来，我还没告诉我爸妈，我准备先去姨妈家，把孩子生了再说。"

我问依依："你确定要这个孩子？"

依依摸了摸自己的肚子："怀了八个月，总不能把他流掉。他每天都在我肚子里使坏，翻来覆去地动，踢我踹我。"

"可是，依依，有了他，以后你怎么办？"

“以后的事情，以后再说吧。我饿了，前面右拐有家烤鸭店，我想了好久了。”

那天依依点了很多菜，我吃得很少，看着她把一只烤鸭吃光，一脸的幸福和满足，可是我心里异常难受。从小到大，我见过许多悲欢离合、生死离别，却第一次为一个人感到深深的惋惜并感叹命运的不公。

依依本该在这个年龄遇到一个与她相爱的男人，和最普通的情侣一样，彼此珍惜对方，为了爱情去奋斗，为了生活而奔波，也会为了小事争执，为了意见分歧争吵。但是不论生活如何，爱情都触手可及。

后来，依依顺产了一个女孩。我从来没有如此焦急地等待过，在产房外的那一个小时是如此漫长。当医生把小孩抱出来，告诉我们母女平安时，我整个人才像一根紧绷的橡皮筋松弛了下来。

护士把依依推出来，我赶紧跑上去，看到她一脸的苍白，像是经历了一场劫难，那一刻我差点哭出来。

出院之后依依回到了她父母家。我一有时间就去看她们。出了月子，依依就由姨妈陪着去了深圳办离婚。因为孩子的原因，离婚的过程很艰难，最后还给了对方几万块钱才拿到孩子的抚养权。

从深圳回来依依就一直在家里带孩子，直到半年之后才出来找工作。这期间我长期出差在外，见依依的时间也越来越少。

再后来，我出差回北京，约依依吃饭。她问我她能不能叫上豌豆一起。我说好啊，我也好久没见他了。

我提前到了约定的地方，站在路边抽烟，突然有人在我身后拍我背，我回过头，依依正张开双手，我扔掉烟头，紧紧地拥抱她。

吃完饭，依依说想唱歌，要不再叫几个人，我在群里问谁想出来唱歌。因为很久没聚过，大家都很积极，来了七八个人。许久不见，我和依依兴致都很高，喝了不少酒，中间依依拉着我出包厢，我们躲进旁边空着的包厢里，依依躺在我怀里，让我抱一会儿她。

依依像只猫一样钻进我怀里。

依依说："我想要开始新的生活。"

我说："我一直都希望你能有新的生活，你会遇到一个很爱你的男人，爱你也爱你的孩子。"

依依问我："你觉得豌豆怎么样？他一直在追我。"

我感到有些意外，回想起来，又发现好像早有端倪。看得出来豌豆很早就对依依有好感。

据我了解，豌豆人不错，对待感情也很专一。只是有一点，他能接受依依的孩子吗？这一点，我不确定。

我把我的看法一一告诉依依。

依依说："我明白你的担忧，我不会再犯第二次错。这一次，我要一个真心爱我和孩子的人。"

从KTV出来，豌豆说："依依，我送你吧。"

依依看向我，对豌豆说："让毛毛送我回去吧。"

豌豆转身看我："那依依就交给你了。"

我拍了拍豌豆的肩膀："放心。"

那天我们走了很久，凌晨4点的街道非常冷清，依依把手放在我的口袋里。我们走得很慢，感觉就像一场道别。

依依和豌豆在一起之后过得很好，我不知道依依是否真的爱他，我也不知道他们是否能走得长远。我只希望依依未来的生活没有伤害，不再痛苦。我和豌豆之间从未谈起过依依，我们保持着一种默契，他知道我喜欢依依，可是我没有他的勇气，或者，我没有他那么爱依依。

半年之后，我收到了依依和豌豆的喜帖。

如果故事到这里就结束的话，我可能不会像现在这样怀念依依。

2015年，他们结婚刚过了一年，依依和我在微信上聊天，我发现她情绪不大对劲儿，她只说情绪有点低落，最近老是失眠，睡不好。我让她有时间就出去逛逛街，买买衣服，或者去旅游散散心。还有，让豌豆少加班，多陪陪她。

过了几天，在朋友圈看到他们去三亚玩，我便没在意这件事。

可是没过多久，有一天上班时我突然接到豌豆的电话："你快来医院，依依出事了。"我问豌豆出什么事了，豌豆在电话那边大哭起来："她……自杀了。"

我脑子顿时一片空白，自杀？依依怎么会自杀？

豌豆在电话里哭得悲痛欲绝，而我好久说不出话。

从公司冲出来，我开着车一路狂奔，赶到医院的时候，豌豆瘫坐在地上，面无表情。

我毫无理智，用力踹了他一脚，对着他大吼："依依呢？"

豌豆脸色苍白，眼神空洞，抬头看着我，放声大哭起来。

依依走了。

从豌豆口中，我得知依依得了严重的慢性妇科病，每天受病痛的折磨，因为身体的折磨她开始焦虑不安，患上了抑郁症。最近他觉得依依状态不好，特意带她去三亚玩了几天。没有想到，才回来不到10天，她就突然自杀了。

我没见到依依，我不肯相信妇科病就能让依依自杀，在我眼里，那么多坎坷她都坚持了下来，怎么会这么轻易放弃自己的生命，而且她怎么会舍得自己的孩子？

因为是自杀，警方介入调查，第二天我们去派出所办完手续，才在殡仪馆见到依依。

躺在棺材里的依依，平静安详。我不相信依依已经走了，我觉得她只是睡着了，我想唤醒她，可是喉咙发不出声音，我感到浑身无力，心里巨大的悲痛快要把我吞噬了。

火化之前，在火化室确认遗体，隔着巨大的玻璃，我最后看了依依一眼．我想起第一次见到依依，才过去短短两年而已。当初那个一手夹着烟，一手拿着手机，身边跟着一只齐腰高的阿拉斯加的年轻姑娘，朝我走来的姑娘，和我相拥在一起的姑娘，如今却与我阴阳相隔了。

依依短暂的一生，就这样匆匆结束了。

租来的女孩

我再一次捂了捂被子，心里暗骂这鬼天气，白天还艳阳高照，傍晚却下起了大雪。在年三十的晚上，躺在小县城没有空调也没有电热毯的破宾馆里，实在有些凄凉。不知道明天会不会封路，若是走不了，就赶不上回家过年了。

“你睡了没有？”我想起隔壁床的女孩，她大概已经在心里咒骂了我无数次。

“大哥，这么冷你睡得着？”她的话里果然带着一股怒气。

我翻了个身面朝她，冷空气趁机钻进被窝，我赶紧捂紧被子：“要不咱们挤一挤？这时候咱们就应该抛开性别，抛去杂念，抱在一起，温暖彼此。”

“快打住，收起你那些不正经的想法。”

“唉，漫漫长夜啊！”我叹了口气，租女友的时候应该加上“可以在极端恶劣天气下抱团取暖”这一条。

我今年 28 岁，生活自由，精神自由，除了父母每年催婚，似乎一切看上去都好。我是一只非典型单身狗，典型单身狗的特点是找不到女朋友；非典型单身狗呢，找不到愿意跟我回家的女朋友。我家在川西以西，高原之上，白云深处。没有哪个女孩愿意大过年陪我跋山涉水翻山越岭回那个连公路都不通的小山村。我长得不差，喜欢我的女孩不少，想睡我的女孩一大堆，想跟我一辈子的却一个都没有。

我家很穷，但这不影响从小父母对我的疼爱。这些年父母期盼着我能带个女朋友回家，早点结婚。我一点都不反感，只是感到无奈，除了经济拮据，我也并没有做好结婚的准备。

每年过年前，我妈都打电话都问我："今年谈女朋友了吗？"我说："谈了。"我妈试探着问："能带回来吗？"我只能无奈地说："人家父母也盼着自己女儿回家过年，再说，回来也不方便。"我妈失望地挂了电话。

这两年居然有人捣鼓出了租女友这个新行业，我兴奋不已，终于可以另辟蹊径带个女孩回家，以了却父母的心愿。我赶紧上网寻找出租自己的女孩，联系了好几个，人家一听我家地处西部偏僻山区，来回路上就得花三天，都委婉地拒绝了我。好不容易有个女孩愿意，但是得加钱，我看了照片，人还行，咬咬牙，又拿出半个月工资。女孩发来一个租友协议，我看都没看就同意了。

我买好汽车票，在约定的车站见面，见到女孩，人和照片差不多。她上下打量我，查我身份证，盘问了一遍工作情况、家庭状况、个人嗜好，签下租友协议，才放心跟我上车。花钱花得心痛，我心想下了血本，一定要物有所值。向女孩提了几个不算过分的要求，一一被否决，女孩把签着我名字的协议拍在我身上："签了字不认账，想耍流氓？"我认真看了一遍租友协议，没多少内容，但是意思很明确，一切以女方意愿为准。我敢怒不敢言，心想：这算什么事儿，这钱花得实在是太他妈憋屈了。

坐了一天大巴，天黑才到县城，突然天降大雪，离家还有半天路，只能先找宾馆住下。女孩要求开两间房，我不乐意，花了那么多钱，再不省点过完年只能吃泡面了。协商半天，最后开了间标间。

"你睡了没有？"过了很久我还是睡不着。

女孩叹了口气。

"你叹什么气？"我问。

"我这么好的女孩，怎么就找不到男朋友，过年都不敢回家。"

我说："原来同是天涯沦落人。"女孩又叹了口气。

"对了，你多大？"我想起还不知道她年龄。

女孩说："27，看不出来吧，我娃娃脸，显小。"

"你长得也不差啊，怎么找不到男朋友？"

"没遇到合适的呗。"

聊了一会儿，我觉着这女孩其实也不讨厌，反倒是让人心生怜悯。又胡扯了几句，白天坐了一天车，很疲惫，聊着聊着我就睡着了。

一早起床，幸好雪不太大，没有封路。坐上汽车，窗外白茫茫的一片，女孩一路激动不已，不停地拍照。颠簸了两个多小时，我带着女孩下车，她身上的羽绒服看起来似乎不怎么厚，我有些担心她待会儿抵抗不了寒风。

“我们得换摩的了。”我打断她赏雪的兴致。

“摩的是什么？”

“就是摩托。”

在路边等了一会儿，来了辆摩的。“上车吧，抱紧师傅。”我说。女孩从来没坐过摩托，有些新奇，乖乖坐上去，我坐在她后面，搂上她的腰。她不忘回头警告我：“手老实点，别占我便宜。”

司机熟练地驾驶着摩托在山路上飞奔起来，女孩提醒我：“你别抱那么紧。”

我凑近她的耳朵说：“待会儿你就知道了。”

司机越骑越快，寒风在耳边呼啸，刮得脸生疼。女孩大喊：“抱紧我。”我把她抱得更紧，希望为她多遮挡一些寒风。“他妈的还有多久？你不是要把我卖了吧？”我听到女孩快要哭了。

半个小时之后，女孩头发凌乱，脸色苍白，像刚刚经历了一场强暴。

我望着通向云雾深处的崎岖山路，安慰她：“再走一个小时就到了。”

女孩往雪地里一躺，耍起无赖：“我不走了，你这个骗子，我读了这么多年书，今天才知道什么叫穷乡僻壤。”

我没憋住，哈哈大笑。

“我不走了，谁知道你要把我带到哪儿去，这深山老林的，你要是打我主意怎么办，把我卖了我都找不回去。”

“你不走就躺着吧，我走了。”说完我就开始向云雾中走去。

走得快要崩溃，总算到了家，我俩都饥寒交迫。站在我家破败的老房子前面，女孩说：“我终于明白为什么没人愿意跟你回家了。”

见着女孩，我爸妈特别开心，从头到尾把她看了好几遍。我看着父母高兴的样子，心里却生出一丝悲凉来，不知道自己到底做得对不对。

我说：“妈，我们还没吃饭呢。”

“一定饿了吧，山路也不好走，孩子肯定累坏了。”我妈说着把女孩领进门。整顿饭我都只顾埋头吃饭，我妈一边不停地给我们夹菜，一边打听女孩的家庭情况。幸好昨天我们已经统一了口径，女孩回答得流利畅快，毫无破绽。

之前没看出来这女孩还挺机灵，很快就入了戏，“叔叔”“阿姨”喊得特别亲切，还帮着我妈做饭烧菜。我发现她的表演欲特别强，入戏太深，常常演过头。爸妈喜欢得不得了，当晚就封了个 1000 元的红包给她。我没想到一向节俭的父母突然这么大方，协议里可是写着红包要分她一半。我一面心疼钱，一面居然产生了一个奇特的想法：找个这样的女孩倒是不错。

到晚上，原本约定分房睡，可我家就两间卧室，大冬天也不能让谁打地铺，只能睡一张床。女孩要求加钱，我把女孩拉到一边，小声说：“你我同为天涯沦落人，你也看到了，我家条件不好。”女孩坚持要加钱。我忍不住想发火：“你咋这么势利呢！你说加多少？”

女孩想了想，伸出五根手指。我心想这他妈比小姐还贵：“那我睡地上。”女孩想了想说：“这样，一晚加两百，你要是冻坏了，我还得照顾你。”

睡觉的时候，我们各盖一床被子，女孩裹得紧紧的，睡前恶狠狠地看着我说：“你要是敢碰我，我就揭发你，不，我就吊死在你家房梁上。”我气得脸一阵红一阵白，心里直骂娘。

虽然女孩长得算不上多漂亮，但是孤男寡女睡一张床上难免让人心猿意马，蠢蠢欲动，尤其还花了钱。我睁着眼，突然很想念女友，若是她愿意跟我回家，我此刻大概会幸福得哭出来吧。

想到这个，我突然特别伤感，这时候，耳边居然响起一阵打呼声。我第一次知道原来女人也是会打呼的，不过听起来倒是不讨厌。

第二天，我睡到 10 点才醒，发现女孩已不在床上。家里也没见到她，问我妈，我妈说出去看雪了。山上下雪之后空气特别清新，视野也好。顺着雪地里的脚印，我寻到女孩的身影。她穿了一件大红色的外套，在白茫茫的雪地里特别显眼，看上去就像一幅画。我沿着脚印走向她，发现她在堆雪人。

“要不要帮忙？”我想起自己好多年没堆雪人了。

“好啊，我手都快冻僵了。”女孩特别高兴。

堆雪人我太拿手了，我们一起很快就堆出一个雪人来。我问她：“要不要给你们合个影？”

“要，多拍几张。”

拍完照，我又带女孩去庙里逛了逛。女孩特别虔诚地上香。我问她许了什么愿。她说：“你想知道吗？”

我摇摇头：“我就随口问问，反正与我没有关系。”

女孩神秘一笑：“该回家了吧。”

待在家里无事可做，我躲在屋子里看书。我妈悄悄进来问我：“你们在一起多久了？”

“半年多。”

“那打算什么时候结婚？”

“妈，还早呢，你就别操心了。”

我妈欲言又止，小心地问我：“她不嫌弃我们家吧？”

不觉之间，我自己都入了戏，心里涌起一丝忐忑和担忧：“我也不知道。”说完才发现自己说错了话，赶紧安慰她：“妈，你别想那么多。”

晚上我们陪爸妈看电视，我妈说起我小时候的糗事，逗得女孩笑了整晚。我不禁想起我小的时候，一心想着要走出大山，现在终于走出去了，可是为什么我却常常觉得无家可归了呢?

在家里的最后一个晚上，我们躺在床上，女孩突然说，说说你女朋友吧。我不大想与她聊这个话题。她也没再问。我突然想出去看星空，于是说:“喜欢凡•高的《星空》吗？”

“喜欢。”

“就在我们头顶。”

我们穿上衣服，走出房间，走出院子，走到开阔的平台上。女孩抬起头，漫天繁星闪烁，银河轻轻淌过，时间仿佛停滞在此刻。

我们都静止入画。

洁白的雪地之上，浩瀚的夜空之下。我们伫立在一起，女孩一脸的平静，我长时间地凝视着她，直到她的眼角流下两行眼泪。我忍不住靠上去，试探着去牵她的手，我们手指相碰，几乎是同时，十指相扣。我们相视无言，她看上去很美，在我心里惊起波澜。

那是我记忆中最难忘的夜晚。我们坐在一起，遥望夜空，女孩对我说起她小时候，也像现在这样，爸爸常常在夏日的晚上带着她看星星，给她讲很多有趣的故事。

女孩靠在我的肩上，轻声说:“我想我爸爸了。”

我说太冷了，我们先回去吧。

我们躺在床上，女孩不再对我凶巴巴的。“你爸妈很爱你，”她突然说，“今天听你妈妈说你小时候的事，多有爱啊，小时候很多事我都不记得了，我五岁的时候爸妈就离婚了，离婚之后我就很少见到我妈。后妈对我挺好的，也许是并非亲生母亲的原因，再亲近也总是感觉少了血缘关系那种天生的联系。”

诧异于女孩的身世，也对她突然与我分享秘密感到意外，我翻过身看着她。我想说些安慰她的话，却不知如何表达才好。

“抱着我睡，好吗？”女孩突然看向我，又补充道，“只是抱着我。”

我掀开我的被子，与她的盖在一起，身体慢慢靠过去。她翻过身，我们的身体逐渐贴合在一起。

早上醒来，发现她正看着我，她躲开我的眼神翻身平躺。我还保持着昨晚的姿势。“你刚刚偷看我。”我故意调笑她。她不承认，说她刚刚才醒。我不打算放过她：“是不是发现我长得还挺帅的？”

她恢复了往日的语气：“你再耍流氓我告诉你妈去。”

要走了，我妈舍不得，一直拉着我们说话，旁敲侧击地表达希望我们好好工作，早日结婚，好好过日子的意愿。女孩一改往日的机敏，说话变得扭捏犹豫，就像真的在认真考虑这些。我在一边打圆场，只盼早点结束，尽快离家。

吃过午饭，我们告别我爸妈，启程返回。走了很远，我回头看了一眼，发现爸妈还站在门前看着我们。我心里涌起一阵愧疚，不敢再看下去，加快脚步往山下走。女孩走在我前面，一路默默地低着头。我想找点话说，却不知从何说起，就这样一前一后、不远不近地向前走。

各怀心事。

轮回

李悦给我发信息那天，是一个周二，我的车限行。

我撑着一把黑色的雨伞，迎着入夏以来最大的这场暴雨，在深夜的街道上艰难前行。我很少见到如此大的雨，雨伞已经快要失去作用，除了头和上身得以幸免，裤子几乎快要湿透，皮鞋里全是水。

天空电闪雷鸣，雨幕中的城市像极了世界末日的景象。路上几乎没有行人，若是平时，我早就打车回去了。可那天我倔强地撑着伞走在雨中，想要与这场暴雨对抗。

那天是我第四次失恋的第三天。和前三次不同的是，这一次是我主动提出的分手。此前三次，我都是被甩的那个。恋爱这件事，在一起的理由往往只有一个，可分手的理由却有无数个。我以前不明白，还有什么比两个人在茫茫人海中相遇相爱更难，遇到问题为什么不能想办法解决，为什么不能坚持一下，再坚持一下，为什么一定要用分手来终结一份来之不易的感情?

直到这一次，我主动提出了分手，她如释重负地松了一口气，似乎等待了很久。我们平静地分手，告别，祝福对方。上一秒，我还能拥抱她、亲吻她，下一秒，我就失去了这些权利。一句“分手”，我们便背道而驰，再无任何关系。

原来在感情纠葛面前，分手才是最容易的事。

那一刻我终于明白一个道理：爱上容易，爱下去很难。

分手之后，我一点都不难过，也不遗憾，我甚至都没有想过她。只是那一晚，走出办公室，天降暴雨，我撑开伞走进雨中。顷刻间雨水就肆意乱窜，钻进我的鞋里、裤脚里。我的情绪如同这场突如其来的暴雨，瞬间失控了。

李悦的信息就是这个时候发来的，我点开手机，看到她说，我不回来了。

我这才想起来，那一天，正好是李悦离开两年的日子。

2016 年 8 月 2 日。

两年前的这一天，李悦离开了我，她每一次离开都是留下一条消息，然后就消失不见。每一次她都会在她说好的那天回来，从来没有失约。然而这一次，李悦失约了。我知道，从此以后，她彻底从我的世界里消失了。我们也许再也没有机会相见了。

我站在雨中，泣不成声。

我认识李悦的时候是 2012 年 7 月。那年她刚大学毕业，我已经工作了三年。

我工作的公司门口有棵粗壮的香樟树，枝繁叶茂，树冠张扬。一到夏天，香樟树散发的香气在空气里弥漫，闻起来清新淡雅，沁人心脾。

公司是一栋1000平方米的平层老建筑，被一个外表陈旧朴素的老院子包围，香樟树最茂盛的季节，几乎将整个院子庇护在树荫里，终日不见太阳。

我喜欢这个老院子和这棵香樟树，还有抬头可以看见天空的办公室。办公室全是玻璃顶，每天随时都能感受这个城市的阳光雨露，风云变幻。

有一天早上，我如往常一样八点半到了公司，进院子时门卫大爷告诉我，来了个小姑娘，说是来面试的。我环顾一周，没看到，径直往办公室走。走过香樟树，发现树后站着个小姑娘。她一身白衬衣牛仔裤，扎着马尾辫，看上去20岁出头。她背着手，仰头望着香樟巨大的树冠，阳光透过浓密的树叶，星星点点洒在她身上。那幅画面清新动人，我不忍打扰她，轻轻地进了办公室。

放下包，打开电脑，泡上一杯咖啡。我脑子里又浮现出院里那小姑娘的模样。

走到办公室门口，我发现她竟然靠着树干坐了下来。这次她总算发现了我，急忙站起来，拍拍屁股，上前来问好。“您好。”她说。

“你是来面试的？”

“嗯，面试策划。”她有点拘谨，站得笔直，像一个面对首长的小士兵。

“那以后是我的人啊。”我有些小惊喜，很久没有好看的小姑娘进我的部门了。

“您是策划总监吗？”

“对，今天是初试吧？”

“是啊，请您多多关照。”她眯着眼睛，开心地笑起来，脸上浮现出一对小酒窝。

面试并不顺利，李悦没有任何相关工作经验，她非常沮丧，离开的时候问我能不能加我QQ，我也感到有些遗憾，就同意了。

此后的好几天，李悦每天在QQ上向我咨询面试技巧，了解行业情况，还有她要怎样学习提升自己，才能达到公司的要求。她打算下次我们招聘的时候再来，我很少遇到这样执着的小姑娘。

但我并没有放在心上。年轻的时候，我们都特别容易一时兴起，执着于一件事，但也最容易放弃。

我那时候和第二个女友在一起，和别的女生刻意保持着距离，所以我们几乎是她问我答，我从不主动与她聊天。时间长了，李悦大概对我产生了信任。除了工作和职业方面，也开始向我倾诉一些生活感情方面的遭遇和困惑。我权当是向一个小姑娘传授生活感悟和经验，很客观地回答她的问题。

李悦很心细，聊得久了，她知道我每天什么时候忙，什么时候有空。发了消息我若没回，绝不会再打扰。许多事都是潜移默化的，我渐渐对她产生了好感。

不久之后，我毫无预兆地被女友甩了。我很喜欢女友，和她在一起轻松愉快，她不像我之前的女友任性无理，让人疲于应对。相反，她特别体贴照顾我，凡事都为我考虑。她第一次让我有了想要结婚的想法，我想她一定会是一个好妻子。

戏谑的是，她突然就提出了分手，没有任何预兆。我想要一个分手的理由，她不愿正面回答我。我每天一早去她家门口堵她，下班去她公司等她。我以前从来没有做过这种低声下气不顾尊严的事，她每天躲着我，对我十分厌烦。

有一天晚上我再次把她堵在家门口，她突然情绪崩溃，蹲在地上大哭起来。我毫无头绪，在一起一年多，我从未见过她情绪如此激动。我蹲在一旁，安慰她，她甩开我的手，叫我走。我怔在原地，不知所措。她的表现让我觉得她不是真心想要与我分手，一定是发生了什么，她有什么难言之隐。

她哭了很久才安静下来，坐在地上，靠着门，哭花的脸上写着绝望。

我陪在一边，不敢离去，也不敢与她说话。就这样过去了很久。她掏出手机，打了一个电话。她说：“你快过来，我在家门口。”我问她：“你叫谁过来？”她说：“待会儿你就知道了，我告诉你答案。”

没出半个小时，一个陌生的男人从楼道里走来，走过我身旁，一把推开我，走到她身边，蹲在地上紧紧把她抱在怀里。我浑身颤抖，悲痛、愤怒和震惊充斥着我的心，什么都说不出来。

她擦了擦眼泪，整理了一下头发，平复了一下心情。他搂着她的肩膀，对我怒目而视。

她说："你都看到了，他是我现在的男朋友，你向来自负，我不愿告诉你，是怕你受打击，接受不了。你总是高高在上，以自我为中心，和你在一起，我没有安全感，看不到未来在哪里。我累了，也不爱你了，你走吧。"

我心中有许多疑惑，我们在一起不是挺好的吗？难道那些都是假象吗？我是爱她的呀。

可是面对这一幕，我还能说什么呢，我的自尊心碎了一地，我的爱情体无完肤。

我强忍心中的悲愤，努力假装轻松："你早说不就好了，我只是想要个理由而已……我现在明白了，祝你们幸福……再见。"说完我故作潇洒地转身，拖着沉重的步子离开了。

后来我细细地回想她说的每一句话，原来我以为的美好都不是真实的，和我在一起，她不是真的快乐。我从来没有想过她的感受，我沉溺在自己的世界里，以为她爱我的一切。我真的错了吗？我开始重新审视现在的生活和生活赋予我的意义。

和她分手之后我备受失眠的煎熬，每天都无精打采，没有办法好好工作。有一天深夜我无法入眠，躺在床上翻来覆去，想找人说说话。打开QQ看到李悦还在线，试着给她发了一条消息，不到一分钟她就回了。她说她也睡不着。我们聊了几句，她突然问我想不想听她弹钢琴。当时已是凌晨一点，一个不算熟悉的女孩邀请我去她的家里听她弹钢琴，这听起来疯狂又暧昧，可我二话不说就起床穿好衣服开车去见她。

我对李悦毫无非分之想，但是我依然感到兴奋和激动。我已经很久没有做过这种看起来疯狂的事了，它让我意识到生活还有等待我去探索和体验的一面，我不应该在失恋里沉沦。

按照她说的地址开过去，那是个高端小区，她已经等在大门口。我把车停在路边，和她打招呼，问她要不要买点喝的上去。她说正好前两天朋友送了瓶红酒，我说好。

“租的房子吗？这个小区好像租金挺贵的。”我有些好奇她怎么住这么好的小区。

“我自己买的。”她轻描淡写地说。

“刚毕业就自己买房子了？你还没工作，家人帮你供？”我感到疑惑，一个刚毕业的22岁小姑娘，按理说没有家人资助，不可能靠自己的能力买一套高档小区的房子。

“全款买的，我很早就开始自己赚钱了。”

我震惊得一时说不出话，看不出来李悦竟有这个本事。

房间干净整洁，进门之后我总觉得有男人的气息，环顾一周，并没有一件男人的物品。但那种感觉特别真实，我脑子里恍惚如梦幻般地浮现她和一个男人在房间里的生活情景。我努力把这种幻觉从脑子里清除出去。李悦从冰箱里拿出红酒，取出开瓶器，又摆上两个酒杯，请我帮忙开红酒。打开红酒，我们碰了一杯。李悦坐在钢琴前，看着我笑了笑，琴声从她指下流水般弹奏出来。

李悦穿得很随意，弹琴的时候却端庄认真，我也端坐一旁，看着她的侧脸，听她连续弹了好几首，听到动人之处竟眼眶湿润，心生悲凉。

分手之后，我一直情绪不稳定，一个场景、一件旧物都能勾起我的回忆，触动心底的那根脆弱的弦。

她停下来转头看我，我才发现她的眼眶也是湿的。

她端起酒杯走向我，我们坐到沙发上，慢悠悠地喝酒。

她说："谢谢你不嫌弃我，每天忙工作，还给我讲那么多。"

我说："怎么会嫌弃呢，小事而已。"

她笑了笑，露出一对小酒窝："你有什么心事？想和我说说吗？"

"我不知从何说起，心里很乱，要不再弹一首给我听吧。我喜欢第二首。"

她起身坐回钢琴前，又弹了一首。

我们断断续续地喝酒闲聊，直到凌晨3点，我才向她道别。

后来我常在深夜去听李悦弹琴。每一次我都带上一瓶酒，每一次见面都在她家里，每一次都是深夜，每一次听她弹奏，我内心都慢慢归于平静，喝完酒回家我就能一觉睡到天亮。除了那一次面试，我从未见过她白天的样子。她像一面镜子，透过她，我得以将自己从未示人的另一面展现出来。

我们保持着这种奇怪的习惯和联系，谁也没有打破。直到李悦突然给我留言“我出去一个月，回来再联系”，就消失了。

我在 QQ 上问她去哪里了，她没回复我。她一直也没有再上线，我发现除了 QQ，我没有她别的联系方式，只能等着她的 QQ 再亮起来，等她回来。

李悦消失之后，我又开始失眠，晚上躺在床上，辗转反侧，她弹琴的样子不自觉地在脑海里浮现，琴声在耳边回响，我后悔当初没有将她的琴声录下来，否则此时就能听着她的琴声睡去。

那天，正好是李悦消失的第 30 天，一大早我的手机闹钟响起，我怕忘了，特意在日历里设置了事件提示。我打开 QQ，李悦的 QQ 并不在线，一整天我都心不在焉。直到快要下班，李悦的头像闪动，她说：“我回来了，晚上你来吗？”

我说：“下班见面，一起吃饭吧。”

她说：“我刚回来，有点累，不想出门，你晚上来吧。”

我说：“好，你先休息一下。”

晚上九点，我带着疑惑和期待，还有一丝怒气去见李悦。

一个月不见，她黑了一些，仔细看，也瘦了不少。她看起来一身疲惫，但见到我还是表现出喜悦。我一时各种情绪夹杂，涌上心头，伸手将她抱在怀里，突如其来的举动大概吓到了她。

她僵硬着身体，没有反抗，也没有回应，任凭我用力抱着她。

“你去哪里了？我很担心你。”我在李悦耳边轻声告诉她。

“回头再告诉你吧。想听我弹琴吗？”

“想，每天都想，每晚都想，想得睡不着。”

“那你松开手吧。”

我慢慢松开手，她红着脸，躲避着我的目光，也似乎对我的热情有所抗拒。

她一连弹了许多首，弹到后面琴声一断，她趴在琴键上哭了起来。突如其来的举动让我一时竟不知道该怎么办，但是我知道她一定受了委屈，心里非常难过。

我走上去轻轻拍她的背，希望她慢慢平静下来。她哭了许久才停下来。我们坐回到沙发上，她仰着头，一口接一口连喝了几杯酒。

我心里有许多的疑惑，她去了哪里，又遭遇了什么，此时为什么痛哭？可是她像一只惊恐的小鹿，让我不忍心问她。我坐在她的身边，保持着安静，默默地喝酒。

她忽然站起来，走到窗户边拉上窗帘，关掉了客厅的吊灯，打开微弱的壁灯。走到客厅中央，面朝我，轻轻脱掉长裙，裙子顺着她的身体滑到地上，她抬起脚，赤脚踩在地板上。犹豫了一下，又反手解开内衣的扣子，脱掉内衣，双手抱在胸前，半低着头。她赤裸着身体，身上只剩下一条白色的内裤，一道道鲜明的伤痕出现在她的身上，从小腹到大腿，她背过身去，背上也伤痕累累。我惊得说不出话，心痛得无法呼吸，眼泪瞬间就流了下来。她始终羞涩地低着头，转过身来，放下双手，双乳上也紫一块青一块。我闭上眼睛，眼泪止不住地流。她默默地穿上内衣，穿上裙子，重新坐回沙发上来。

“我男朋友打的。”她轻声说道。

“为什么？”我愤怒地问道。

“他吸毒，毒瘾犯了没钱买毒品，他问我要钱我不给他。”

“我从未听你提起过你有男朋友，”我感到有些意外，我一直以为李悦单身，“你为什么不和他分手？”

李悦叹了口气。

“我和他是七岁那年认识的，当时我正上小学一年级。我小时候是个丑小鸭，我妈把我打扮得特别土，班上的男生都不喜欢我，只有他不嫌弃我。我只有他一个男生朋友，从小学到初中，整整九年，我们都在同一所学校；到了高中，我们去了不同的学校。他长得很帅，篮球也打得好，喜欢他的女生特别多，可是他偏偏只喜欢我，常跑来学校找我。

“高二那年，我们在一起了，我那年 17 岁。他对我很好，不容许任何人欺负我，也容不得我受半点委屈。他成绩不好，常常逃课，常常打架，可是这并不影响他在我心中是英雄一样的存在。高三那年，我放学回家，在路上被流氓调戏，他们对我说很下流的话，他知道后去找他们。他一个人，势单力薄，而对方都是不要命的流氓，我找到他的时候他全身是伤，还被砍断了一只小拇指。我抱着他放声痛哭，他满手鲜血，忍着剧痛还安慰我。

“高中毕业我去上大学，他留在家乡混社会。他每个月都会坐 20 多个小时的火车去学校看我。他那时候赚了不少钱，手机、电脑、衣服什么都给我买，我没有想到那些钱全是他贩毒赚来的。他家境不好，自尊心特别强，一心想改变自己的命运。

“我知道他贩毒后和室友一起做淘宝店卖衣服，除了上课，几乎全部的时间都花在了淘宝上。那大概是我长这么大最艰辛的时光，我想让他知道，通过正常的渠道，凭自己的努力，也可以赚到钱，可以过上好的生活。这套房子就是我做淘宝赚钱买的，我当时想，也许以后这就是我们的家。

“后来他为了我离开了贩毒组织，只是我没想到那个时候他已经染上了毒瘾。

“我不止一次想要放弃，可是我们的命运就像捆绑在了一起，从我七岁认识他开始，他照顾我，保护我，为我断了手指，为我来回奔波。我知道他和我在一起其实是自卑的，他怕我以后看不上他没有文化，更怕他赚不到钱不能给我幸福的生活。

“他前前后后进过好几次戒毒所，这一次我是抱着最后的希望回去的，只是没想到是这样的结果。”

李悦哽咽着讲完她的故事，若不是亲耳听到，我绝不会把这样的经历和她联系起来。在我眼里，她纯净、美好、善良，上天怎么会忍心让她遭受这些呢。

我慢慢靠近李悦，搂过她的肩膀，这次她没有拒绝我，靠在我的肩膀上。她情绪激动，身体也在微微颤抖，我可以感受到回忆这些往事对她而言有多困难，有多难过。

当晚李悦在我怀里睡了过去，她实在是太疲惫了。我把她抱进房间，轻轻放在她的床上。我不忍心此时离去，我希望陪着她，我想她也是需要我的。我躺到床上，她迷迷糊糊，钻进我的怀里就睡着了。

她连睡觉的时候都不能完全放松下来，绷着身体，皱着眉，睫毛上挂着还未干的泪水，脸上还带着痛苦的神色。我知道这和我分手的痛苦完全不同，比起李悦的痛苦，我那些失恋的痛苦甚至算不上什么。

说起来，爱情大概是世间最难以捉摸的。我是从那一刻爱上李悦的，我非常迫切地想把我所有的爱献给她，我想要治愈她，让她重新获得幸福。

第二天一早，李悦还未醒来，我轻声起床，为她盖好被子。一夜之后，她像一个婴儿般沉睡，我忍不住在她额头上轻轻一吻，幸福的因子在心里弥漫开来。我恋恋不舍地开门离开，赶去公司上班。

李悦醒来之后给我发消息谢谢我昨晚陪着她。我告诉她我已经爱上了她，她不在的日子，我每天想念她。我想和她在一起，照顾她，爱护她，用我的生命去爱她。

她没有回我。

我想我是否太直白，对她而言一切也太突然，可那是我的真实想法，毫无半点刻意，没有一丝犹豫。我想她会明白我的心意。

从那天起，我开始追求李悦。我从未如此投入地去追求一个女孩子，也是那个时候，我突然发现自己并不擅长追女孩子。我不太会说情话，也不够浪漫。我问身边的女性朋友要怎么追求女孩子，在网上查给女孩子送什么礼物，甚至买了好几本恋爱心理的书。我把我和李悦的聊天记录来来回回看了许多遍，把她曾经提及的喜好、习惯和想做的事全部记在心上。

我约她看她喜欢的电影，买她喜欢的书送她，带她去吃她喜欢的小吃，送她一直想养的萨摩耶，守在电脑前抢赖声川和孟京辉的话剧票。

李悦一直犹豫不决，我对她的好让她备感压力，她不忍心拒绝我，又不能轻松地接受我的付出。

2013 年 6 月 12 日。

那是李悦答应和我在一起的日子。那天我们凌晨3点起床，头顶着繁星从雷洞坪步行爬上金顶，在峨眉之巅等待日出。看完日出，李悦很开心。人群散去，我拉起李悦的手，掏出为她买的项链，认真地凝视着她："悦悦，我爱你，和我在一起吧，我会珍惜你，爱护你，用我的一生去爱你。"

我心里忐忑不安，为了那一天，我准备了很久：在什么场合，买什么礼物，什么时候表白，说什么话，我在心里演练了很多遍。我从未如此害怕被拒绝。

令我惊喜的是，李悦答应了我。我无法表达心里的兴奋，抱起她不断地旋转，我们热烈地拥吻在一起。李悦终于和我在一起了，更让我感到开心的是，她总算放下了他。

当晚我们住在峨眉山脚的民宿里。我第二次看到李悦的身体，她双颊绯红，浑身散发着热乎乎的气息，我轻轻抚摸着她的脸，而后俯身下去，亲吻她。我的身体像火一样燃烧起来，她的身体却有些僵硬，带着生涩。我吻过她的脖颈、锁骨、胸口，一边抚摸她的肌肤，希望她放松下来。然而这似乎并不奏效，当我吻过她的小腹，她突然绷直了身体，双腿紧闭。我停了下来，躺到枕头上，把她紧紧抱在怀里。在她耳边轻声问她："没准备好是吗？"

她没有回答我，只是往我怀里钻了钻，把我抱得更紧。

我安慰她道："没关系的。"

我感到一阵暖流流过我的脖子，她无声地哭了起来。

我轻轻地拍打她的背，心里愁绪万千。

几天之后我们睡了。她依然没有完全放松，她的身体似乎本能地排斥着我。但是于我而言，那依然算是一次美好的性爱，或许是因为长久的付出得到了回报，或许是我在心理上把这当作是她把身心都交予我的仪式。在这不完美的性爱里，我完成了心理上与李悦的爱情结合。

然而好景不长，仅仅两个月之后，李悦又消失了。

这次她去了云南，她给我发消息的时候已经在候机，她说她需要一段时间冷静。

可是我不能冷静。我心里有一种不祥的预感，我害怕失去她。

第二天我就买了去大理的机票去找她。

下了飞机，我打车直奔李悦住的酒店，在洱海边的客栈见到了她。她正在客栈的看海平台上发呆，我将她搂进怀里，抱了很久也不愿放手。

当天我们出去闲逛，我随时都紧紧牵着李悦的手，生怕一松手，她就消失在我的视线里，让我再也找不到她。到了晚上，她拒绝和我做爱，生理的欲望我可以忍耐，可是她越不想和我做爱，我心里就越想要她。我不顾她的反抗，翻身将她压在身下去吻她。她想将我推开，用力反抗。我失去理智一般粗暴地吻她，一边脱她的睡衣。

直到她忽然哭了起来，我才意识到自己在做什么。我心慌意乱，不住地道歉说对不起。她推开我，蜷缩在一旁，低声抽泣。我不知道如何是好，突然觉得自己是个浑蛋。

第二天醒来，李悦不见了。我打开手机，看到李悦给我发的消息，她说："你回去吧，别来找我了，给我一点时间。一个月之后，如果我回来，我们重新开始。"

我给李悦打了无数个电话，一直关机。我在客栈里窝了一整天，没有吃一点东西，没有喝一口水，一整天都坐在落地窗前，望着洱海发呆。直到夜幕降临，我走出客栈去找酒喝。

八月的大理，风花雪月都与我无关，我完全沉浸在悲伤中，一瓶接一瓶地喝酒。我醉得一塌糊涂，在深夜的洱海边失声痛哭。

那是最难熬的一段时光，白天还好，我把所有的精力都投入工作。可是到了晚上，对李悦的思念就如潮水般涌来，将我淹没。我跑去李悦家里，不停地喝酒，喝完酒躺在李悦的床上，闻着她被子的味道才能睡去。我常常梦到李悦，会在深夜突然惊醒，眼角还带着泪，枕头湿了一半。我打开手机，给李悦发消息，告诉她我想她。

一个月到了，那天我请了假。一早就去买菜，做了一桌子李悦喜欢的菜，在她家里等她。我相信李悦会回来的，我不敢去设想她不回来的可能。我不知道应该如何面对，所以我一直对自己说，她会回来的。

李悦是在下午回来的。和上次一样，她又瘦了一圈，当她打开门的时候，我难以抑制心中的喜悦，几乎是跑上前去抱她。我们没有说一句话，热烈地亲吻对方。李悦第一次全情投入，主动而充满了激情，我们急切地脱下对方的衣服，倒在床上，我迫不及待地进入了她。

那是我和李悦最激烈的一次性爱，也是我最难忘的性爱。

李悦回来之后我们过上了一段特别幸福的时光。一个女人真正爱上一个男人是可以被感知到的，李悦对我敞开心扉，她完全接纳了我的爱，也同样毫无保留地爱我。

不久之后李悦找到一份广告公司的工作，是她想做的策划，我也升了职加了薪。一切都朝着好的方向发展。这些年我没有认真规划过我的未来，而李悦让我想要安定下来，让我对未来有了前所未有的期待。

我开始计划买车买房子，开始考虑何时向李悦求婚。

我满心的憧憬却随着李悦的再次消失戛然而止。

这一次和以往不同，李悦的前男友死了。李悦得到这个消息的时候连行李都没收拾，立刻在手机上订了最近的航班，打车直奔机场。我不放心她一个人回去，她哭着摇头，我说："那我送你去机场吧。"

一路上李悦一直在哭，我心里有嫉妒，有不甘，甚至有些恨意。但是我理解她和他的感情，就算不在一起了，他们依然形同家人。我帮李悦打印了登机牌，送她到安检口，嘱咐她一路小心，又把钱包里的现金全部放到她的包里，安慰了她一阵。看着李悦走进安检，消失在我的视线里，我终于抑制不住心里的难过，掉下泪来。

那是我最后一次见李悦。

她参加了他的葬礼，又过了几天才回来。趁我上班的时间收拾了行李，又一次消失了。

接到李悦电话的时候，她已经登上火车，她在电话里说："对不起，我走了。"

以前她从不会这么正式地向我告别，我有种预感，这一次，她不打算再回来了。我明明应该特别难过和不舍，可是心里却异常平静，我好像知道这一天迟早会到来，只是不敢承认罢了。

李悦说："我以为我已经不爱他了，可得到他死讯的那一刻，我却不知道怎么了，他的死让我无比沉重，我觉得自己对不起他，我背弃了我们的爱情。

"他视我如生命，而我却抛弃了他，没能陪在他身边。他死的时候一定满心的寂寞和悲凉。他一定是带着对这个世界的失望和对爱情的失望离去的。而我，明明是可以陪着他的。

"我不能原谅自己。"

我低声问她："你还会回来吗？"

李悦说："你别等我了。"

听到这句话，我的难过、遗憾和不甘才渐渐涌上心头，一瞬间我的心仿佛突然被抽空了。

“我等你，半年够吗？不够就一年，一年不够就两年。”

电话里传来李悦的抽泣声：“好，我答应你，只是你也要答应我，你别为了我拒绝爱情。若是两年之后我回来，你未娶我未嫁，我们就结婚。”

我说好，然后再也说不出一句话来，直到李悦挂掉了电话。

我站在公司院子里那棵巨大的香樟树下，我和李悦第一次见面的地方。

如果那天李悦没有来面试，我们就不会相识；如果她面试完我们没有加QQ，我们就不会有这段恋情；如果我没有深夜去听她弹钢琴，今天我就不会这么难过。

可是如果再重来一次，我会选择在那个阳光明媚的早上，和那个背着手，仰望香樟的女孩说话吗？

我想我会的，因为那一刻，我的爱情就播下了一粒种子。

绿皮火车

我曾经有个情人。

她住在川南的一个古镇。

我第一次去见她，是一个冬天的下午。

去见她之前，她很开心，打电话告诉我怎么坐车，下车后怎么到她家。我依据她的描述想象那个我素未谋面的小镇，感觉是一个充满生活气息的地方。

按着她的指引，我买好票，坐绿皮火车去了那里。

那是串联很多乡镇的火车，沿途走走停停，逢站就停也就罢了，错车的时候还得让车，所以常常晚点。

车上人不多，很多都是来自沿途乡镇的商贩和农民。有人默默地抽烟，有人抠着脚高声谈论，有人抱着小孩在地上把尿，背篓、箩筐、麻袋四处散落。车厢里空气混浊，混杂着各种刺鼻的味道。

她曾向我描述的这些场景慢慢地变得生动起来。但是，也令人厌恶。

我忍受不了，跑到两节车厢之间避开这一切。

火车晚点一个小时，终于到了那里，天已经黑了。

中途她打过一次电话来问我到哪里了，是否顺利。

她的声音甜美柔软，带着些许着急，或许还有一丝不安。我本想戏弄一下她，但是想到电话那头她也许真的是担心我呢，又有些不忍。

下车之后按着她给的地址，沿途问路，总算到了她楼下。

那是一栋颇有年代感的五层楼房，门口黄昏的路灯在冬夜里没有丝毫暖意。我给她打电话，告诉她我到了，正迎着寒风站在路灯下面，又冷又饿，还很孤独。她“扑哧”一笑，说:“油嘴滑舌的，装什么可怜，我刚刚才熬好了汤，马上下来接你。”

挂掉电话，我理了理头发，一路的风尘顷刻就消失了，心情变得愉悦起来，对她也充满了期待。

她穿着一件呢绒大衣出现在我眼前的时候，我刚好抽完一支烟。她一头长发，皮肤白皙，但是显得有些消瘦。她上下打量我，只说了一句:“比照片要瘦一些。”

我还没来得及张口回答，她已转过身去。

“上楼吧。”她说。

我跟在她身后，沿着狭窄的楼梯上楼。楼梯间灯光昏沉，她走路轻盈，几乎听不到声音。

到了门口，她掏出钥匙开门，我问她："需要换鞋吗？"

她没有回答，只是说："先进来吧。"

她自己脱掉大衣，挂了起来，又帮我把外套挂起来，给了我一双崭新的拖鞋。换上鞋，她仔细看了看，问我："合脚吗？"

"有点大，不过没关系。"

她腼腆地笑了笑："今天刚买的，不知道你的码，所以买了最大的。"

我伸手去拉她的手，她有点迟疑，但是没有躲开。我把她的手握在手里："谢谢你想得这么周到。"

她安顿我坐在沙发上，给我拿了烟缸。进厨房端了饭菜出来，一边问我："今天坐车感觉怎么样？很久没有吃过这种苦了吧？"

"还好，这倒没有什么，就是坐火车太闷了。"我赶忙解释。

她摆好饭碗，盛了一碗汤，转身叫我："快吃饭吧，先喝碗汤，暖和一下。"

那是一张方正的木桌，桌子有些旧，却收拾得非常干净。我们面对面坐着，距离不近不远，一边吃饭一边随意聊天。

我们虽是第一次见面，因为之前已经聊过很长时间的缘故，倒没有显得陌生。

她问了我一些无关紧要的问题，我都一一如实回答。而我只关心我晚上是否能在她家安睡，因为突然想起来她曾说过和朋友住在一起。

所以我冒失地打断了聊天，问她："我晚上睡哪里？"

她"扑哧"一笑："大老远来，还怕没有你睡的地方？这个沙发就不错啊。"

我听出来她在开玩笑，接过她的话："那我要和你在沙发上睡。"

她愣了一下，瞪我一眼："又耍流氓，看你挺正经，脑子里净想些脏事。"说完脸上浮起一抹红晕，起身收拾碗筷。

我跟进厨房，趁她洗碗偷偷从身后搂住她的腰。

那个年代不像现在，网友见面还算是新奇事。那时我玩天涯，认识她完全出于偶然。我并不在意是否真的要和她睡，来看她权当拜访朋友。

那晚她让我先洗澡，等我洗完澡她已经收拾好了卧室，台灯调到了合适的亮度，空调的温度也恰到好处。我躺在床上，居然有些感动，也突然有了亲近她的欲望。她太像一个温柔善良、贤惠细心的妻子。

房间很温暖，经过一路疲惫，我微微有些迷糊。睁开眼睛的时候，她已经站在床前。她不算高，不到一米六，但是身材纤细，皮肤白皙，面容素雅却不失精致。此时一身白色睡裙显得性感迷人，别有一番韵味。我坐起身，搂过她的腰，一把抱她入怀。

我紧紧地抱着她，感受着她急促的呼吸和心跳，我咬上她的耳朵："想要吗？"

“我怕。”

“谁让你引狼入室的，现在后悔可来不及了。”

说完我就吻了上去……

小的时候，晚上我和爸妈一起睡，我常常在一阵低沉急促的呼吸声中醒来。我想睁开眼睛，心里又有些恐惧，潜意识告诉我正在发生一件让人羞耻的事情。木床带着节奏感轻微晃动，我像一艘小船飘荡在海里，没有方向，没有目的，就这么随波荡漾，直到我又沉沉睡去。

我们四目相对，灯光柔和地打在她身上，她水一样柔软的身体快要融进我的心里。

她翻身坐到我身上，我似乎又回到了海上，海浪轻轻拍打船身，小船缓缓驶向未知的远方。突然一阵波涛袭来，顷刻间我便浸入了水里，远处传来人鱼嘤嘤的哭声，我的身体不断下沉，下沉，沉入无尽的深渊。

我努力睁开眼睛，发现她正趴在我身上，脸色潮红，眼角还挂着泪。

我轻轻擦去她的眼泪，拉过被子搭在她身体上。

过了一会儿，她抬头问我：“你要抽烟吗？”

我环顾一周，她的房间整洁干净，带着淡淡的清香。“不抽了，咱们聊聊天吧。”

她点点头，把头靠在我的胸膛上。

“小时候，撞见过爸妈做这事没有？”

“好像没有，我没印象，干吗问这种问题？”我听到她的心脏“怦怦”乱跳。

“给我讲讲你的初恋吧。”

她沉默了一会儿，没有说话。

“我们认识也好几个月了，从来没有听你提到过感情的事，我只是好奇。”我向她解释道。

她轻声说：“感情的事不太想提，我不喜欢回忆不开心的事。”说完她紧紧地抱着我。

我不再追问，她说得对，我们何必去回忆痛苦。

“那我们就多做点开心的事吧。”说完，我翻过身，将她盖在身下，又驶向了大海。

第二天离开的时候，我一路仔细观察起这个小镇。

青石板铺就的街道，大多数房屋已经上了年代，大概是清末民初的建筑。门面房大多做着点小生意，往里可以看到小四合院或天井。路上行人不多，有些上了年纪的老人坐在街边，远远看着我，当我走近，对我微微一笑。不时从小巷里钻出一只猫，看到我这个生人靠近就轻轻弓起背，防备地躲开，钻进一个院子就消失掉。

走在小镇的路上，我居然有一种陌生却熟悉的感觉，甚至很多场景都带着一丝亲切感。

那天上午的天气很好，阳光暖暖的。

坐上火车之后，我给她发了短信。

大概是临近终点站，车上的乘客寥寥无几。我找了个靠窗的位置，阳光慵懒地洒进来，我不禁重温起昨晚的细节，不知不觉沉沉地睡了过去。

回到成都，整日无所事事。中间我给她打过一次电话，其余时间主要靠短信往来。

那年我已二十七八，毕业之后在机关荒废了三年。我喜欢独来独往，不善人情世故，更不愿钩心斗角，不得领导赏识也不招同事待见。后来朋友创业，我趁机辞掉工作和他搭伙，一年下来，亏得七七八八。我发现自己天生不适合当生意人，干脆甩手不干了。

那是我人生最茫然的时期。

我爸性格比较古板，从小对我特别严格。或许是束缚太多，我反而特别叛逆。机关三年，别的我没学会，倒是性子被磨得平和了许多。辞掉铁饭碗的工作，创业又失败，爸妈脸上都觉无光。我也不是没后悔过，可是一想到那种一眼望得到头的日子，心里还是排斥。

我妈传统，信奉先成家后立业的观念，认为我生性爱玩、漂浮不定全因为没有成家。家里催婚催得紧，我整日不回家，可我妈始终热情不减，一个接一个地替我去相亲。她相信，男人还是得靠女人才能拴住心。

我把这些陆陆续续都讲给她听，她并没有说太多，只是说我还年轻，路还很长。

慢慢地，我感受到了她的变化。在此之前，我们比现在聊得开。可现在，她有些冷淡，又像在逃避。

那个时候，我不知道未来会如何发展，在我看来，我们只是朋友，或者情人。

周末我妈看上的姑娘约我，我极不情愿，惹得我妈在电话里哭，没有办法我只好去赴约。我们约在春熙路。我故意没有洗头，穿一件打算扔掉的旧风衣。见面的时候她大概注意到我的不修边幅，脸色有些不悦，却转瞬即逝。她脸上堆着笑，嘴上嗲声嗲气地叫着明哥，走上来挽着我。

许多人喜欢成都女孩，其中一个原因就是她们说话温柔，可我偏偏讨厌这种嗲声嗲气的说话方式，我更打心底讨厌这种伪善的女人。

带着情绪陪她逛了半天街，吃完饭我就找借口溜掉了。回家之后我特别想念我的小镇情人，我给她打电话，没有人接，心里突然空落落的，思绪也开始蔓延。

每天到她的小镇只有那班绿皮车，当天已经过了时间。我只能给她发短信，问她在哪里，在做什么，我有点想她。

一直到晚上她才给我回短信，当时我躺在沙发上看碟，已经喝掉了三瓶二锅头。

看到短信，我马上给她打过去，电话接通那一刻我却不知道该说什么。

她带着歉意向我解释："和姐妹出去喝茶吃饭，忘了带手机，刚刚才回家。"

我说："你没有必要解释，你有你的自由，我只是无聊而已。"

她在电话那头半晌没有说话，我首先打破沉静："我明天来找你。"

然后我挂断了电话。

第二天再次登上绿皮火车，在拥挤的车厢里看村上春树的《挪威的森林》。看到渡边去疗养院看望直子那里，车到站了。走出火车站，居然看到她站在远处等我。那天天气阴沉，她穿着一件黑色大衣，脚蹬一双红色短靴，头发简单地扎起来，盘在头上。我想拉着她的手，她面露难色，迟疑了几秒，还是主动牵起了我的手。

她带我去吃烧烤，我们聊了很多，喝掉 10 瓶煮啤酒才意犹未尽地离开。小镇的路灯坏了不少，走到灯光暗的地方我搂过她的腰，她顺势靠在我怀里。我说："要不我背你吧。"

说完我就蹲下来背起她，她在我耳边低声引诱我："帅哥，你要带我去哪里啊？"

我哈哈大笑道："大爷我要娶了你当小老婆。"说完背起她跑起来。

进门我们就拥吻在一起。

那晚我们异常兴奋，天快亮了才睡了过去。

我在小镇待了两天，她去上班，我一个人四处闲逛。

走的时候她要送我去车站，怕耽误她上班，我坚持自己走。

当时下着小雨，我撑着她给我的雨伞，穿过烟雨朦胧的小镇去火车站。

当天的场景后来出现了很多次，好多个周一的上午，我从她那里离开，天空都飘着小雨。以至于很久以后，看到下雨，我都会想起她，想起那些我感到茫然无措的日子。我来回于成都和她的小镇之间，在现实和理想中间徘徊。

她对我而言，就像一个避风港；她给我的那个小窝，就像一个世外桃源。我们之间从来没有争执，没有争吵，只有遗憾。

遗憾的是，我终究没能给她安定，甚至没有一个承诺。

遗憾的是，直到我们分开，我都不曾用心去爱她。

遗憾的是，在那个本应为爱奋勇的年纪，我却沉溺于风花雪月，游戏人生。

第2辑

你是我最亲爱的姑娘

我爱你年轻的身体，也爱你青涩的年华。

我爱你清晨的含苞，也爱你深夜的绽放。

你如清风自由，也如流年易逝。

寻寻觅觅，跌跌撞撞。

奈何世事无常，繁华世界，结满惆怅。

回头望，只盼岁月，

迷惘了过来人，

浮生沧桑。

文子

2012年，我在高升桥上班。

那个时候每天中午吃什么是个大问题，公司周边一公里之内已经被我们吃了个遍，实在不知道想吃什么的时候会走很远的路去拓荒。

那天也是一个拓荒的日子，一行人走了半个多小时去大石西路吃大肉面。吃完面回公司的路上，路过菊乐路，烟抽完了，我停下来在一家烟摊买烟。突然有人在身后拍我的肩膀，我以为是哪个同事也要买烟。回头一看，却是一个熟悉又陌生的美女笑呵呵地看着我。

意外的相遇让我十分惊喜："你怎么在这儿？"

她嬉笑着说："我在这上班啊，你怎么也在这儿？"

"我公司在附近。好几年没见你了，没想到居然离得这么近，"言语之间我难以抑制自己的欣喜，"我同事他们还在前面等我，把你电话给我，我回头联系你。"

"好，以后中午可以找我吃饭。"她依然保持着一副笑脸。

记下电话，那些尘封已久的往事在我脑海里一一被唤醒，我第一次见她的情景，我们牵手在河边公园散步的情景，我抱着她教她打台球的场景，以及分手的时候她难过的表情。我还记得以前她没这么爱笑，在学校甚至是公认的冷美人，不知道是见到我高兴还是这些年她已经变得开朗起来。

存电话的时候，我想起她有两个名字，但是我没有存她的名字，而是输入两个字：初恋。

严格说来，她不是我的初恋女友，却是我第一位公开的恋人。在此之前，我喜欢玩暧昧，不想与人确立恋爱关系，尤其是在管理严格的学校，搞暧昧比公开恋爱能省去不少麻烦。

她有两个名字，我一般叫她文子。

回公司的路上，我给文子发短信问她的 QQ，回到公司就加上 QQ 开始和她聊天。

简单聊了聊这些年的经历，了解了双方近况，我们约好下班之后见面。

我记得她喜欢吃辣的，提议去吃干锅，她欣然应允。

太久没见了，可聊的实在太多，我们从晚上 7 点吃到了 9 点。吃完饭沿着府南河散步，我说起这些年经历的趣事，逗得她笑了一路。时间一晃而过，很快就到了 11 点，她接了个电话，说马上回去。看得出来，她并不想结束这场意外的久别重逢，可既然是意外的重逢，什么时候分别又有何关系呢。我们告别后，她打车回家，我继续沿着府南河走路回去。

后来的接触一直都平平淡淡，有时候中午我们会一起吃饭，相处时间很短暂；周末也约着玩过两三次，就是喝喝咖啡‘看看电影’吃吃饭。

我们彼此对对方都重新有了好感，但都没说破。毕竟，彼时她有男友，我也不是单身。

当我们安然相处的时候，她的感情却出了问题。

据她描述，她的男友在公司勾搭女同事，好像已经睡过，但她没有证据。男友也只承认两人之间暧昧，对更亲密的接触矢口否认。

她求助于我，问我该怎么办。

如果换作他人，我可能会建议她甩掉渣男，但是不知道是出于自我保护，还是怕她一旦单身，我会忍不住想和她有进一步发展，我开始详细了解他们的感情经历，希望帮她找到两个人的问题所在。或许，不是只有分手才能解决问题。

果然，他们两人之间存在不少问题，我给了她很多客观的建议。她也不想轻易毁掉两年的感情，开始用心和男朋友沟通，努力去维系两个人的感情。

过了一段时间，他们的情况有所好转，她说要和男朋友一起请我吃饭感谢我。我立马否定了她的提议："千万别让你男朋友知道我的存在，相信我，那样只有坏处没有好处。"

可是感情的事情哪有那么简单，一旦有了裂缝就很难修复。

过了两三个月，她又找到我，告诉我她又发现男友开始勾搭别的女生。

那一次，我没有再劝她。只是向她确认："你已经想好分手了，是吗？"

她点点头。

我说："那就分吧，坚决一点，觉得难熬的时候就找我，我陪着你，一切都会过去的。"

后来他们真的分开了。也许因为我的支持，她分得很果断，毫不拖泥带水。中间有一次，我们在一起喝酒，她男友打了好几个电话过来，她说他肯定喝多了。最后我接起电话，冷静而又严肃地说："我是她现在的男朋友，请你搞清楚自己的身份。如果你再以任何方式骚扰我女朋友，不仅会让她看不起你，也会让我觉得你是个无赖。对待无赖我或许会做出一些过激的行为，你好自为之。"

挂掉电话，我注意到文子有些脸红，我向她解释："不好意思，只有这样才能让他知道没有挽回的余地。"

文子说："我知道你是为我好。"

从此之后，他倒是再也没有骚扰过她。

相安无事地过了几个月就到了年末，过完年我们一起从老家回成都。一路上聊起高中时候的事情，她突然问我当初为什么要和她分手。

我没有正面回答她。可是一聊起这个话题，我就不由自主回想起当初的点点滴滴。

高一那年，我第一次见到文子。当时我正在走廊上追赶隔壁班的一个女生，那个女生跑到我们的教室强行抢走了我的周记本。她从五楼跑上六楼，走廊上几个女生在嘻嘻哈哈地打闹。我不小心撞到一个女生，手疾眼快一把搂住她的腰，才避免将她撞倒在地上。

我的手搂在她腰上，感觉到她的腰纤细而柔软，扶好她之后我才看清那是个一头黑色长发的女生，皮肤白皙，脸蛋也挺标致。高中都快过去一个学期了，我居然从来没注意到我们年级还有这样一个女生。

在我们那所中学，学生数量庞大，初中部和高中部加起来有 6000 名学生。漂亮的女生不少，但是像文子这样的冷美人却不多。

那天撞到文子，文子并没有责备我，倒是因为我搂了她的腰，有点不好意思。我赶忙道歉，道完歉见她没有怪我，便继续去追我的周记本。

后来，时而会听到关于文子的一些事情，比如很多人给她写情书，她从来都不看，转身就扔进垃圾桶；比如高二和高三的男生经常会在路上拦下文子，要追她当自己的女朋友。

一天我和班上一个铁哥们去操场抽烟，远远看到两个男生坐在花坛边对着路过的文子吹口哨，我那哥们跑上去就和对方骂起来，我一头雾水，不知道他为何替文子出头。文子看到远处的我，跑过来叫我：“快去拉着他，他性子急，待会儿就打起来了。”

我更加疑惑，这两人好像很熟悉，但是之前从没听哥们说起过。

我不过去还好，刚过去就听到对方骂我们。我一下火就上来了，冲上去对着其中一人就是一拳。哥们见我如此激动，自然也加入了战斗。

文子在一边看着我们打起来，不知道怎么办，最后跑去保安室叫来了保安。

文子不懂，江湖上的事最终还是要靠江湖规矩来解决。

保安制止了我们的斗殴，但是我们却因此结下了梁子。

最后，那次因为文子而起的打架事件有了三个结果。

第一，我和文子算是真正认识了，而班上那哥们居然是文子的表弟。

第二，我高三的哥哥为了以后我在学校免受欺负，出面摆平了那两个高三的男生，并且让我加入他们的帮派组织“十少”。我排名最后，一是消除其他人的不满，二是其他人都得照顾小弟，我从此多了两个绰号——“老十”和“十爷”。

最后一个结果是，学校里开始流传文子是我的女朋友，从此骚扰她的人少了很多。

一转眼到了高二，这期间我和文子并没有太多交集。因为认识了，所以每次见面会打个招呼，聊会儿天，偶尔晚自习前去吃饭，碰到了就一起吃，没有刻意，也没有躲避。像所有人的青春期一样，我们强烈地渴望着爱情，却又小心谨慎，步步为营。

那个时候，我特别爱玩，每天除了上课就是和几个兄弟吃喝玩乐。我们出入网吧、游戏厅、舞厅、KTV，放学了也不想回家，哪怕只是买瓶啤酒也要坐在路边，边喝酒边对着路过的小姑娘吹口哨。而文子却是一个标准的好学生，按时上下课，几乎不参与课外的任何活动，回家还做饭‘洗衣服’打扫卫生。她的表弟，也就是我的哥们向我讲起这些的时候，我觉得她的生活太无趣甚至算得上惨不忍睹，竟然冒出了想要拯救她的想法。

高中时期的我们都桀骜不驯，眼中无人。文子在我们的世界里显得太格格不入了。

她高傲，冷漠，拒绝着所有男生的示好，同时又被女生们冷落。

很多人趋之若鹜地追求她，或许并不是真的喜欢她，只因为她太特别。那就像一场比赛，谁能追到冷美人，谁就会被众人仰望。

其实我早已经参与到这场角逐里，只是当时我并没有意识到而已。

当时我同时和几个女生保持着暧昧关系，时间一长就疲惫了，小女生的猜忌、嫉妒、虚荣心让我疲于应对。我开始躲避这一切，以认真学习为借口应付她们。直到有一天，我看见文子独自穿行在放学后的人群中，那么显眼又那么孤独。那一刻我决定要追她。

那是我从小到大第一次追求一个人。我目光空洞，望着老师讲课的身影，脑子里做着如何追求女生这道语文题。想了整整两天，否定了一个又一个想法，最后决定见机行事。

第二节课课间有 20 分钟的时间，这个时候文子一般会去小卖部买一盒牛奶。我一听到下课铃响，就跑出了教室，潜伏在文子的必经之路上。

果然过了两分钟文子就从教学楼出来了，我偷偷尾随她，跟到小卖部。文子要了一盒牛奶，我冲上去也买了一盒同样的牛奶，然后把钱拍在老板面前：“她的一起给。”

整个过程一气呵成，我心想老子一定帅呆了。老板找了钱，我转过头看着文子：“走吧。”

文子那张平时冷漠的脸浮现出一抹羞涩。“谢谢你。”她小声地说。

“我帮你插吸管。”我说着把手中插好吸管的牛奶递给她。

“那个，其实我有事想给你说，”我心里忐忑不安却强装镇定，“你没男朋友吧？”

文子大概没有想到我会突然问这种问题，神色有些紧张：“当然没有了，你问这个干吗？”

我心想，老子当然知道你没有了，却假装震惊：“真的吗？你这么漂亮居然没有男朋友？”

文子没有回答我。我心一横，走到她前面拦下她，注视着她的双眼：“那我做你男朋友吧。”

文子当天并没有答应我，但是她说她要考虑一下。我有点失落，但是一想到别人她都是直接拒绝的，又有些自得。

第二天课间，文子第一次到我们的教室来。我听到有人故意大声朝教室里喊：“十爷，美女找。”

往外一看，居然是文子。我在一阵起哄声中昂首信步走出教室。

我走到文子身前："你找我？"

文子抬头看我一眼，又低下头，小声地说："我答应你。"说完就转身逃也似的跑开了。

我一脸的兴奋，看着她远去，经过转角，消失在楼道，忍不住想要放声呐喊："老子追到全校最难追的冷美人了！"

我第一时间向"十少"和我的圈子公开了我和文子在一起的消息。一方面是炫耀，另一方面以后就没人敢打文子的主意了。

如我所说，那个年纪，我们往往不懂爱，只是太想证明自己。

我和文子只好了三个星期就分手了。

这期间我没有抱过她，没有吻过她，就连牵手都只有两三次。我们没有正式约过会，没有做过浪漫的事，我甚至连一句"我喜欢你"都没有对她说过。

分手的时候和表白的时候如出一辙。我对文子说："我们分手吧。"

文子很震惊："为什么？"

我狠狠地抽了口烟，冷冷地说："和你在一起没感觉，就这样吧。"

从此我们整整一年没有再说过话。

后来，再在一起就是单纯地玩。到了高三，文子似乎变得合群了一些，也开始参与课外的活动。我们曾经一起打台球，她不会，我就手把手抱着教她。那个姿势太亲密，以至于招来很多不友好的目光。我们还一起去公园散过步，一起去游过泳，单独一起吃饭为她庆祝生日，送她回家的那个晚上我夺走了她的初吻。很多当初在一起没做的事却在那个时候一件件完成了。

而我们从头到尾没有说过在一起。

大一之后，我们失去了联系。

我在新的环境里如鱼得水，渐渐把她淡忘了。

回到成都，我送她回家。她说做饭给我吃。

我们一起去买菜，还买了一瓶红酒。

文子自小就做饭，厨艺很好。也许是因为喝酒的缘故，文子突然向我讲起她的两段经历。

我这才知道原来文子竟然经历了那么多坎坷。

大一那年，她交了一个男朋友，她一说我就想起来了，不是别人，正是我们高中“十少”中的老六。我和他并不算熟悉，也不喜欢他。他们考上同一所大学，从发现文子和他一所学校开始，他就狂热地追求她。后来，没有任何恋爱经历的文子慢慢喜欢上这个表面看起来似乎还不错的男生。可是后来，这段感情深深地伤害了她，也改变了她。

她的第一次几乎是被强暴，她什么都不懂，她只知道自己要失去处女之身，她恐惧不安。她从来就没想过会在结婚之前与人发生关系。

她说：“他根本就不是真的喜欢我，只是把我当作发泄欲望的对象而已。他对我没有关心照顾，没有甜言蜜语，没有半点承诺，有的只是想和我上床。”

我不明白，她为什么会如此卑微地迁就他。

她却说：“我觉得第一次已经给他了，以后就是要嫁给他的啊，别人也不会要我了。”

我对此颇不理解。但是记忆一旦拉回高中时代，我又不得不承认，这就是那个单纯善良的文子啊。别人眼中的她冷漠高傲，可是我了解她，她只是一个单纯善良的姑娘而已。她自小缺少真正的朋友，到了青春期又缺乏基本的性教育和感情经历。我也才明白，当初她拒绝了一波又一波的男生，其实正是不懂得拒绝才会采取那种冷酷的方式来保护自己。

她从来不想伤害别人，只是想要保护自己而已。可是一旦喜欢上一个人，她就卸下了所有防备。当初对我是这样，后来，对他也是这样。

她干掉半杯红酒，眼睛有些湿润。

她说：“你不知道，那半年，我付出了所有能够付出的一切，也期待着一切会慢慢变好。我羡慕着其他情侣的关心呵护、亲密无间、嘘寒问暖。可是我自己的爱情，却一次次被现实摧残。

“那个时候，我就告诉自己，我不能再继续欺骗自己。这个男人根本就不爱我，我只是他满足虚荣心和欲望的工具罢了。

“我终于对他绝望了。我也开始憎恨自己，觉得自己很脏，一度想要自杀。

“他不同意分手，用尽各种方式纠缠我。

“有一天晚上和室友在 KTV 聚会，不知道他怎么知道的。他找到我们的包间，要带我走，我不愿意，当着别人面，他居然又要动手打我。室友一直对我的遭遇愤愤不平，大家都动起手来撕扯在一起。混乱中，寝室里性子最烈的女生提起一个空的啤酒瓶就砸向他的头。他头上顿时鲜血直流，倒在沙发上，我们都吓傻了。”

我听着文子诉说着这些，心里无限的惆怅和哀伤，愤怒而无奈，都只能化作一口酒，咽进肚子里，任它翻滚。

“后来，家住本地的一个室友打电话给她爸，她爸爸在当地算是个人物。这件事在她爸爸的干预下顺利解决了，他也没有再骚扰过我。

“经历了这些波澜，这段恋情总算是结束了。

“可是对我而言，我知道，有些伤痛很久都好不了。”

说完这些，文子眼泪直流。

我想起身过去抱抱她，还在犹豫，她自己擦干眼泪，对我笑了笑说：“没事，都已经过去了。”

文子说：“在这个前男友之后，我还经历过一个男人。我不知道怎么来定义这段关系。

“我毕业那年，去一家公司面试，最后只剩我和一个男生在会议室里等待。中途他和我搭讪，他是个30岁左右的男人，长得干净白皙，看起来也彬彬有礼的，不令人反感，我就和他聊了几句。面完试各自离开，我也没把这件事放在心上。

“过了两天，我突然接到一个陌生电话，我以为是面试的通知，结果却是那天面试遇到的那个男生。我问他怎么会有我电话，他说那天看到我的简历，他就把我的电话背下来了。

“他问了问我面试的情况，又随意聊了几句，提出想请我吃饭。

“其实那段时间忙着投简历面试，我没有好好吃过几顿饭，很想和人聊聊天，放松一下，但他毕竟只是一个我不了解的陌生人，而且，我并不喜欢这种带有目的性的搭讪。所以我借口自己身体不舒服拒绝了他。

“他倒是表现得很绅士，叫我好好休息。

“我当时根本就没想到我们还会有故事发生。

“后来我答应和他见面，相处的过程中我慢慢开始觉得，我终于遇到了对的人。

“我们有太多相同的喜好、相同的生活习惯，甚至对未来的规划也差不多。他很懂女人，也很照顾我的情绪，和他相处让人觉得轻松自在。

“后来偶然的机会，我才发现，这一切都是假象。

“他不只记下了我的电话，他还通过我的学校、专业、年龄、名字查到了很多我的资料，他通过我的校内、QQ、微博搜集我的信息，让我觉得他多么懂我。

“半个月后，我答应和他在一起。

“一个月后，他就从我的世界彻底消失了，没有留下任何痕迹。”

听着文子讲述这个听起来显得有些虚幻的故事，我心里有很多的疑惑，却不知道怎么说出口。

文子说：“我知道你一定觉得这很不真实。我当时也一度觉得这只是一个梦而已，一个活生生的人怎么可能突然就消失了。可是那些相处的情景历历在目，他送我的礼物也摆在那里，我甚至还闻得到他身上淡淡的香水味。这些都提醒着我真的有这么一个人存在过。

“我不知道他为了什么，骗人的话也大费周章，他有很多机会可以睡我，可是并没有，从头到尾，我们仅仅睡过一晚，他没有骗我钱，没有从我这里得到什么。如果有，那就是我的感情。

“很长一段时间，我都觉得男人是不靠谱的。

“我开始躲避所有的男人，可是我怎么躲都躲不掉。这几年，待了四五家公司，每家公司都会遇到想追我或者包养我的人。不是同事，就是领导，甚至客户。

“现在这家公司，我们部门的负责人一直想让我做他的情人。因为这个我早就想辞职，可是我一想，我就这么一直躲，能躲到哪天呢。

“但是我不明白，我从来不穿性感暴露的衣服，从来不会言语轻浮，不去夜店，不乱交朋友，为什么男人都想和我上床？他们为什么会觉得我是那种随意的女生？”

听完文子的两段经历，我心里的那个文子也悄然变化了。再面对她的时候，我心里的感觉无法言说，有痛，有悲，有遗憾，有后悔。我不知道表面乐观开朗的文子心里是否也如我所见，我也不知道文子是否还相信爱情，我只知道，当初那个清澈如水的文子已经彻底成为了我的回忆。

之后我与文子保持着频繁的联系，我感觉到她越来越依赖我。遇到什么事她都征求我的意见，遇到困难也找我帮忙，有心事也与我分享。

那个时候我女友忙着工作，工作之余又常常去KTV、酒吧玩到很晚才回家。我说过几次并没有改善，我们在一起的时间越来越少，我经常不知道她什么时候回的家，早上我去上班她还在熟睡。正因为如此，我也有更多的时间可以陪伴文子。

男女之事说到底也就那么回事。在一起久了难免就有了欲望，她需要我的陪伴，我也在她身上找到了缺失的安慰。

有时候我们会牵手，会轻轻地接吻，会紧紧地拥抱，但是仅限于此。她从来没有忘记我还有女友，我也时刻警惕不要对文子造成伤害。

后来我才明白，自从我们相遇，故事的结局就已经注定。

一天晚上，文子打电话说她一个人在家里，突然觉得情绪很低落，心里发慌，她在屋子里来回徘徊，像失了魂。

我说：“我陪你出去走走吧。”

我打车去找她，那天见到文子，我觉得特别不一样。她脸色憔悴，一身素色的衣服，更将她衬托出一种苍凉的美。

那天文子特别悲伤，即使尽量保持着微笑，她的悲伤和失落，迷惘和难过，依然感染了我。我忍不住揽过她的肩，拥她入怀，用尽了身上的力气去拥抱她。

大概是情难自已吧，那天我们一起睡了。

我们完全地融为一体，在爱与背叛的纠葛里，在久别重逢的喜悦里，在青春岁月的记忆里，迷失了自己。

一夜的缠绵之后，我抱着文子沉沉睡去。直到清晨，我在细微的哭声和温热的泪水中醒来。我感觉到文子埋头在我的脖子里哭泣，我伸手抚摸她的背，问她怎么了。

文子抬起头，努力想要停止哭泣。她的身体微微颤抖，就像一朵花在雨中摇曳，带着悲伤，也透着凄凉。

我翻身将文子搂在怀里，心里忍不住难过起来，我开始有一种不祥的预感，让人感到压抑。

文子慢慢止住哭泣，她用力抱着我，在我耳边说："刚刚醒来，我看着你熟睡的脸，情不自禁回忆起高中的时候。那个时候我拒绝了所有人，但是你向我表白的时候，我不知道为什么没法拒绝你。我一直想问你当初为什么要和我分手，是不是不喜欢我，还想起太多不堪的经历。我起身走到窗户边，突然好想从窗户跳下去。

“可是回头看看你，我又有太多不舍。为什么要在这个时候再次遇到你，为什么这么多年我们都没有想过要联系对方。我心有不甘。”

说完这些，文子又哭了起来。

而我也湿了眼眶，巨大的悲伤和心痛在心里蔓延，让我喘不过气来，只能把文子抱得更紧。

在此之前，我并没有认真考虑过和女友分手，和文子在一起。可是那一刻，我很想好好去爱我怀里的这个受过太多伤害却依然美好的姑娘。

女友不一样，她一直被我呵护照顾，没有经历过那么多伤痛，更没有一颗已经支离破碎的心。

可是当我打开手机，看到十几个未接来电，我又不得不承认，她最好的青春都给了我，几年来她把所有的爱都给了我，面对物质的诱惑，面对比我更好的人，她始终如一地陪伴我，我怎么忍心去伤害她。

接下来的日子，在女友和文子之间，我一时无法抉择。

在那一夜后，我和文子默契地减少了联系，也许我们都被道德束缚着，也许我们都怕伤害到对方。我每天都在想她，我相信她也是。可是我们彼此清楚，那个时候，我们不该在一起。

那之后，我们只见过几次，还是吃饭看电影散步聊天，像往常一样。

我们没有再做过爱，虽然我迷恋着文子的身体，可是我憎恨自己的软弱，憎恨我的犹豫不决。我觉得自己不配拥有她。

没过多久，文子告诉我她准备离开成都。

我太想把她留下，可是越想就越不敢提这样无理的要求。

直到文子买好机票告知我第二天即将离开，我才清醒地意识到她是真的要离开了。

文子不肯告诉我她的航班号，更不肯让我去送她。那个时候的我，怯弱而无奈，甚至连分离都不敢面对。

那天一早我就坐立不安，终于还是忍不住想去见她的冲动。我给文子打电话，文子说："你别来了，还有一个小时起飞，我马上进安检了。"

我让文子等我，我一定要见她最后一面，说着文子就在电话那边哭了起来，挂掉了电话。接着我收到文子发来的短信：我会忘了你的，希望你幸福。

我打车去机场跑道附近的公路，那里可以看到所有飞机的起飞。想到文子马上就要离开这座城市，真切的悲痛向我袭来。我望着不断起飞的飞机，哭得像个孩子一样。

文子走后，我的生活一如从前。唯一的变化就是我的心总感觉缺失了一块。

我们极少联系，即便联系，也仅限于关心一下近况。

半年后，有一天看到文子的QQ签名，大意是厌倦了漂泊，无力再流浪。我第一反应就是文子回来了，或者准备结婚了。

打电话过去，文子果然回到了家乡。

可是我没有想到，这一次，文子是带着伤痕回来的。

我专程开车回去，见到文子，她比半年前更瘦了一些，脸色苍白。我猜想这半年她肯定受了不少苦，心里又难过起来。

文子见到我很开心，我们一起回学校，吃了那时经常吃的冒菜、烧烤，经常喝奶茶的店也还在。晚上，在文子家外面，我们在车上坐着，迟迟不肯告别。

文子突然说："我怀孕了，前两天刚做了人流。"

我感到诧异而震惊，担心起她的身体。难怪见到她的时候脸色那么苍白。

我问她："他是谁？"

文子说："大学同学，一直是很好的朋友，在上海的时候正好他离我近，半个小时高铁。原本只是朋友间偶尔聚一下，后来他说他一直喜欢我，只是不敢追求我。

"你知道，一个人在上海真的好辛苦。他人很好，我原本以为他会好好待我。可是没想到，做得了好朋友却做不好恋人。

"也不怪他，他对我很好，只是性格不合吧，总是因为小事争吵。后来我明白了，他没有交过女朋友，多少还是对我的过去心存芥蒂的，我们才在一起不到两个月，我就感觉到了。

"我累了，想回家了，就回来了。

“准备回来的时候发现怀孕了。我没告诉他。我不能因为这个孩子勉强他。”

那一刻我特别恨我自己，如果当初文子不走，就不会受这样的苦。我趴在方向盘上，满心的自责和负罪感，我曾无数次想象文子在上海的生活，却从来没有想到会是这样。

文子安慰我：“你别自责，这些都是我自己选的。我怕你会难过，今天一直犹豫要不要告诉你。我告诉你这些，不是为了别的，我只是很疲惫，我回来就想安定地过日子。我妈也希望我回家，外面再好也不如家里，何况这些年我过得一团糟。

“你放心，我相信这辈子我经历的磨难已经足够了。从此以后，上天总该开始眷顾我了吧。”

那是我们最后一次见面。

两年后，文子发结婚照给我，问我她是否还好看。我说你一直都像高中的时候一样美。

再后来，文子怀孕，生了一个小女孩，长得很像她。

在她的朋友圈看到她幸福地抱着女儿的照片，我心怀感激，生活终于没有再辜负她。

亲爱的秦小白

秦小白，我不爱你，我爱的是我曾差点爱上的那个你，这比爱上你更令人悲伤。

一

天久未放晴，冬天又悄无声息地降临了。对我而言，冬天是一年中最难熬的日子。

那年冬天，雪上加霜，我失恋了。每天晚上我蜷缩在没有空调的房间里，特别想念女友如暖水袋一般温暖的身体。我讨厌冬天，我天生排斥一切冰冷的事物。而我的身体，一年四季总是带着寒意，所以我也讨厌自己的身体。

在女友离开的第五个夜里，我冷得瑟瑟发抖。我想我应该找个新的暖水袋，至少让我度过这个寒冬。

如何找到一个温暖的姑娘，这是个巨大的难题，每天困扰着我。我几乎不外出，不参加聚会，也不玩社交软件，手机上仅有的两个社交APP是因工作需要安装的QQ和微信，上面只有客户和为数不多的朋友。我不善于交际，更不懂得如何讨人欢心，特别是和女人交往时。上一个女友是我的客户，我为她的公司服务，做了三个月的项目。因为工作，我们常常朝夕相处。后来她对我表白，我就答应了，因为我总是能从她身上感觉到一股暖意。我不确定那是不是爱，但至少我的身体不会说谎，它告诉我它喜欢她，还有她的温度。

在一个寒冷的夜里，我终于打开微信，第一次搜索附近的人。三分钟之后，我看到她的头像，预感到我要找的人就是她。预感听起来毫无科学依据，但是你一定也曾有过这样的经历。至少我的预感常常被证实，这令人欣喜。

我打算添加她为好友，可是需要打个招呼。我想了一下，发给她一句话：如果你不加我，也许明早我就冻死在这个冷冰冰的出租屋里。

很快她就通过了好友验证，这让我非常感动，我想她一定是一个善良的姑娘。

“你的头像真好看。”我由衷地赞美了她。我想她一定很受用，因为她对我说：“晚上好，我叫秦小白。”

我特别真诚地对秦小白说：“天这么冷，我们搭个伴互相取暖吧。”

可是秦小白没有回我。

上个月，秦小白给我发照片的时候我正躺在床上刷新装的微博。

此前，她突然从我的生活里消失了，我找不到她的任何联系方式，我一度怀疑她是否只是我臆想出来的形象。直到有一天无意中发现手机备忘录里清楚地记载着秦小白的微信号码。我试探着加她，可是她连着拒绝了三次。我突然一肚子气，但是无处发泄，只能憋回肚子里。

我感到委屈，决定揍我的狗一顿解气。狗还没揍，听到手机响，一看是她主动加我。女人善变，男人好哄，之前的火气转眼就烟消云散。我毫不犹豫地添加了她。

秦小白发来的是一张正面照，只露了下巴，一只手横挡在胸前，但我还是一眼就认出了这是秦小白本人。文在小腹的英文单词我再熟悉不过了，那是我陪秦小白去文的。

有些人总喜欢把自己当作一张画纸，在身体上写字画画，还有人喜欢在身体上钻孔，嵌上各种装饰物，就像装饰一棵圣诞树。秦小白也热衷于当画纸，她的背上文着一行英文，屁股上文着桃心，脚踝上刻着某个男人的名字，小腹上刻着英文——Kiss here，她说她看到这个词就感到兴奋。

可是我并不兴奋，我反而有些反感，我喜欢纯净的身体。所以我从来不吻她的小腹。

看到秦小白的照片，我有些慌张，就像干了坏事一样。我用余光偷偷瞥了一眼旁边的姑娘，她紧闭双眼，脸色潮红，似乎还沉浸在高潮的余韵中。我的紧张似乎显得多余而荒唐。

我回复秦小白：你还是如此性感迷人。

秦小白说：你还是这么油嘴滑舌。

我想去洗个澡，所以我回复秦小白：我有些忙，明天再聊吧。

回完消息，我准备把手机搁在一边。秦小白又发来一条消息：少做点，保护好腰。

只有秦小白才这么了解我。

也只有秦小白才一直记着我腰不好，秦小白不爱我，但她为我好。

我也不爱秦小白，但是我爱她对我好。

二

我这个人并不喜欢和陌生姑娘上床。我不懂得如何撩拨姑娘的心，也不喜欢和陌生姑娘吃饭看电影。我不明白为什么有那么多男人在女人这件事上乐此不疲，甚至把女人当谈资，以此炫耀。于我而言，十个姑娘和一个姑娘并无区别。

但是这种解决性欲的方式倒是轻松愉悦，两个人不需要有共同语言，不需要一起吃饭看电影，更不需要费尽心思准备节日礼物。令我厌恶的是，做完爱之后姑娘们总是问各种奇怪的问题、提莫名其妙的要求，比如，你和多少姑娘睡过？你爱不爱我？我们在一起吧。

秦小白就不问这些。

我和秦小白睡觉的时候，秦小白特别专注。接吻的时候秦小白搂着我的脖子，闭着眼睛，整个人都沉浸在漫长的吻里。当我全身心投入到她的身体里的时候，秦小白也不会问我奇怪的问题，她像一只贪婪的猫，安静地觅食。

秦小白也从不矫揉造作地呻吟，连呼吸都特别自然。

我是怎么和秦小白睡到一起的呢？

我们常常会产生很多臆想，有时候不能辨别哪些是真实的，哪些是头脑虚构的意象。所以我认真回忆了很久当天的细节，只有细节才能证明一件事真实发生过。

在我提出想和秦小白搭伴取暖之后，秦小白就没了消息。

后来我又聊了几个姑娘，都不顺利。这时候秦小白突然给我发了消息。

她说，明天你可以陪我去个地方吗？

我想拒绝，那段时间工作很忙，我疲惫不堪，周末我想好好睡上一觉。没有什么能阻挡男人的欲望，只有疲惫。身体的疲惫让人昏昏欲睡，情感的疲惫让人欲爱不能，若是身体、情感足够疲惫，人就失去了一切的欲望。

也许我还不够疲惫，一想到寒夜里冰冷的房间，我就答应了秦小白。

那是一个周六的上午，天气阴沉，车里特别冷。我把空调温度开到最高，按秦小白给的位置去接她。见到秦小白，她比照片上看起来还要娇小一些，也没照片看起来漂亮，不，应该是比照片看起来差了很多。唯一令人欣慰的是秦小白年轻的身体散发出的青春气息扑面而来。

此时秦小白 18 岁。

我将空调出风口调到合适的方向，希望它可以温暖秦小白看上去单薄的身体。我问秦小白去哪里。她说："医院。"

"你要去看病吗？"我稍微观察了一下秦小白，试图找到她有病的证据。

秦小白沉默不语，眼睛泛红，兀自哭了起来。

我脑补了秦小白得了绝症掉光头发的画面，看上去一点也不美好。

秦小白哭得我心里烦躁，她给我出了一个难题，我是否应该安慰她？可是我并不知道她为什么哭。

"秦小白，你为什么哭？"

秦小白哭着回答我："我男朋友快死了。"

秦小白的男朋友快死了，她现在正在我的车里哭，可是这和我并没有任何关系，我只是想找一个温暖的姑娘和我一起回家而已。所以，秦小白，你为什么在我车里哭。

那天晚上秦小白跟我回了家。

她从医院一路哭回来。到了我家，我开了一瓶红酒，我想喝了酒能让她身子暖和一些，我不想抱着一副冷冰冰的身体睡觉。才喝了一口，泪水就从秦小白的眼里溢出来，滑过脸庞，一发不可收，她倒在我怀里，一边颤抖，一边无声地哭泣。

那一夜，我和秦小白发生了关系。因为喝了酒的关系，她的身子很暖和，我很开心终于能抱着暖水袋睡觉。秦小白却不想睡，她情绪激动，主动吻了我，她吻得很投入，我不忍打扰她。

我疲惫不堪，秦小白却毫无困意。

她说起和男朋友的事情，我迷迷糊糊，想起白天在医院的场景。

那是一个挤满了人的单人病房。我原本打算在车上睡一觉，可秦小白不下车，眼巴巴地望着我。她说她害怕，希望我陪着她。我心想，这算什么事？带着一个陌生男人去见快死的男友，这不是想让男友早点断气吗？可秦小白的眼睛告诉我，她是真的心存恐惧。我害怕这种将期望寄托在别人身上的眼光，它让我浑身不自在。

我们找到病房，房间挤满了人，大多是看上去十七八岁的年轻姑娘。

秦小白好不容易挤过人群，挤到病床边。我踮起脚往里看，还是看不到病床上的病人。只听到有个中年妇女在骂："你来干什么？是不是想我儿子早点死？"

此时秦小白可能哭了，但是我没有听到她的哭声。一群人的声音将她湮没其中，那些姑娘七嘴八舌地指责她，叫她走，让她滚。

是病床上的声音终止了这一切。那是一个男孩子的声音，他大概用尽了全身的力气喊出这一句："你们都闭嘴，都给我滚出去。"听起来没有愤怒，却饱含无奈。

我想我知道秦小白为什么怕来见她的男朋友了。

秦小白和我在一起之后再也没有提起过她的男朋友。

所以关于他们的故事我没有多大印象，大概就是和秦小白爱得死去活来的男友患了绝症，却将此事瞒着秦小白，独自一人默默承受。

每当我不了解一件事的细节，就觉得虚幻不真实，而且与我无关。所以，我一点都不关心秦小白的男朋友，我只关心秦小白是否能陪我度过寒冬。

三

那年冬天，秦小白爸妈离婚了，之后她妈妈去了上海，她平时和爸爸住在一起。秦小白的爸爸经常出差，所以秦小白常常一个人在重庆。秦小白说自己是个留守儿童，没人管没人疼，才会被我这种老男人占便宜。

秦小白还说她不喜欢老男人，她喜欢年轻任性，喜欢为爱疯狂，喜欢敢爱敢恨。

如果你不曾爱过一个18岁的姑娘，你可能永远不知道一个18岁的姑娘会干出什么事儿来。半夜里，秦小白要兜风，我们开车上高速，摘掉车牌，在秦小白疯狂的叫声中开到 180 迈；在无人的乡间田野里，秦小白扒光衣服，裸奔在春风沉醉的夜色里。

我不知道哪一个才是最真实的秦小白，是我刚认识时那个看起来柔弱无助的小姑娘，还是眼前这个疯狂大胆的女汉子？

不过这并不重要，如同我对秦小白而言，也不是那么重要。

重要的是，秦小白会钻进我的怀里，咬我的手臂，吻我的脸颊。更重要的是，一旦我搂着秦小白，温暖就席卷而来，将我包裹，恍如回到母亲的子宫。

秦小白不喜欢老男人，所以她大概不喜欢我。我对此也毫不在意。我只是希望有一个温暖的姑娘，陪在我身边，在我需要的时候温暖我。秦小白就是这样一个人。我在半夜醒来，秦小白在我怀里，我在早上醒来，秦小白在我怀里。这已经让我十分感动，别无他求。

所以当秦小白问我，她是不是我女朋友的时候，我犹豫不决。女朋友的身份对我们而言，到底意味着什么，是夏天的风还是冬天的雪，是春日的阳光还是秋天的落叶？我被这个问题困扰，无法回答她。我只能去吻秦小白，这样我们就不需要说话，不说话就不需要去思考女朋友这件事。闭嘴，让我们无须思考；接吻，让我们忘却烦恼。

可是烦恼这玩意儿就像冬日里的寒风，不管你怎么防备，它总有办法乘虚而入。秦小白跟别人走了，这就是我所面对的新的烦恼，只是当时，我没有意识到这一点。

“我前两天去喝咖啡，遇见一个男生，他是咖啡师，我想和他在一起。”我在抽屉里找避孕套的时候秦小白这样告诉我。

“你喜欢他？”我脱口而出。

“不喜欢，”秦小白说，“我只是想和他上床。可是我不敢去找他，我看见他就联想到和他上床的情景，我觉得很羞耻。”秦小白从被窝里钻出来，从身后抱着我，脸贴在我的后背。

“那我陪你去。”我毫无意识地说出这句话。秦小白柔软的身体突然僵硬了几秒钟，我这才意识到我说了什么，我居然要去和一个陌生人说话，告诉他我的姑娘想和他睡觉。

这一切都糟透了。

周末，我们开车去秦小白口中的咖啡店。我们坐在室外的遮阳伞下，透过落地玻璃，秦小白向我指认正在里面调咖啡的男生。看上去那的确是一个年轻好看的男孩，干净阳光，身材高大。我起身走进去，等他手上空下来，上前与他说话。我直截了当向他阐明了我来找他的目的，只是我重新定义了我和秦小白的关系，我说：“我的表妹，两天前来喝咖啡，对你一见钟情，若你愿意，我们想请你晚上去喝一杯。”

秦小白坐在外面，期待着，又紧张着，像只待价而沽的羔羊。我指着她，向他强调：“我的表妹，她特别喜欢你。”

男孩抱歉地告诉我："不好意思，我有女朋友。"

我补充道："你别误会，我表妹只是喜欢你。"

他又望了一眼秦小白，表示下班之后可以和我们去喝一杯。

秦小白非常开心。我们喝完咖啡又在附近吃了饭，等待男孩下班。

当天晚上，我们坐在酒吧里，秦小白和男孩拥吻在一起，我独自喝酒。酒吧很吵，秦小白很漂亮，啤酒很苦，男孩很年轻，他们看起来特别相配。我这样想的时候，秦小白靠了上来，她贴在我耳边，说她想跟他回家。我说去吧。

他们牵手离开之后，我披上外套，准备回家。

夜晚的兰桂坊看上去像一位性感的女郎，外表优雅，内心热烈，妩媚动人。无数的男女在孤独、落寞、空虚、无聊、烦躁、喜悦、悲伤的晚上，借着夜色，趁着酒劲儿，在这里寻觅一个能给予自己短暂安慰的灵魂，或能一起分享身体愉悦的伴侣。人们称之为艳遇。

我与秦小白，是何种关系？我从未认真考虑过，我身在其间，又游离之外。

我回到冰冷的房间，没脱衣服就钻进被窝，我鼓起眼睛，盯着天花板，思绪混乱。此时秦小白在做什么，她是否在陌生的房间里拥着陌生男人的身体，她是否与平时一样，贪婪地享受两个人的肌肤之亲，她会不会也在高潮中突然喊出前男友的名字。秦小白，是否真的存在于我的生活里。

我居然有点想念她。秦小白的喜怒哀乐，秦小白的爱恨情愁，秦小白的柔若无骨，秦小白的洒脱决绝，我想念这一切。

我想念这一切，我甚至差点落泪。

也许是长时间鼓着眼睛看天花板的缘故，我感到眼前逐渐模糊，是白炽灯太亮还是我喝了太多的酒?

我不擅长流泪，所以我闭上眼睛，闭上眼睛就能让眼睛保持干燥。

我闭着眼睛，在脑海里勾勒秦小白的脸。那是一张瘦小的瓜子脸，眉毛不粗，颜色有些淡，眼睛挺大，鼻子也挺，嘴很小。对，就是这样，秦小白的脸逐渐清晰。

从睡梦中醒来，我发现秦小白侧卧在一旁，睁着大眼睛，神色暧昧地看着我。我看不懂她的眼神在表达什么，我不擅长揣测人心，尤其是女人。我更喜欢直接。所以我问秦小白昨晚是否愉快。

秦小白伸手捂住我的嘴，身子靠过来，把头埋在我的怀里:“嘴臭，别说话……抱紧我。”

我用力抱紧秦小白，想起昨晚在梦里也是这样抱着她。我忽然发现，原来秦小白已经在我心里留下了深深的印记。那么，秦小白，你爱不爱我?

不知道秦小白是否听到我心里发出的疑问，我诚恳地希望她回应我。

秦小白没有再提起过那个咖啡师，我也很快忘了那一晚发生了什么。每当我不了解一件事的细节，就觉得虚幻不真实，而且与我无关。所以，我一点都不关心秦小白是否和别人睡了。我只关心秦小白是否还留在我身边。

当我不需要抱着秦小白就能安稳睡去的时候，我知道冬天已经过去了。

四

开春之后，我的身体逐渐复苏，天气日渐转暖。到了夏天，我进入了一年中最好的状态。我翻箱倒柜，把封存了许久的日用品找出来。我开始早起煮咖啡、打豆浆，下班回家系上围裙为秦小白准备晚餐，晚上点上香薰与秦小白窝在沙发里看书看电影。

那是我和秦小白最像一对情侣的日子。当秦小白收拾凌乱的房间的时候，当我腰痛她认真为我按摩的时候，当我出差她每天打电话给我的时候，我甚至恍惚觉得秦小白像我的妻子。

只有当我去接秦小白放学的时候我才会想起她还是一个学生。

“还有一个月就要毕业了，”秦小白从我身下探起头说，“我想在家认真准备一下。”

我说：“好。”

“我想去上海找工作。”秦小白再次抬起头。

我说：“好。”说完我就意识到，秦小白终于要离我而去了。

那个月变得特别漫长，时间突然长满了邪恶的牙齿，咬得我疼痛无比。

早上做好两份早餐端上餐桌才想起秦小白不在的时候，下班开车去秦小白学校才想起她在家复习的时候，半夜醒来习惯性伸手拥抱却发现身边空空如也的时候，我疼痛无比。

我再次打开微信，搜索附近的人。可我脑子里装着秦小白的脸，看谁都不顺眼。花了足足半个小时，我才找到一个看起来和秦小白有一丝相似的姑娘。

我情不自禁想念起秦小白，眼前的照片突然令我感到恶心，我冲进厕所，吐得昏天昏地，眼泪鼻涕也流了一地。

毕业那天，我去接秦小白。我想我应该为她庆祝，特意订了一家日料餐厅。

接到秦小白，我们都很沉默，一路几乎没怎么说话。我一直在琢磨要不要问秦小白工作找得如何，我心里也许是期待她找不到，这样她就去不了上海。可是秦小白去不了上海，我也不能永远留她在身边，想到这个，我又希望她找得到。

吃饭的时候气氛才缓和过来，秦小白喝了一些酒，脸色红润，她起身拉上包间的门，坐到我身边。她问我想不想要她。我没有回答她，我的身体已经告诉了秦小白答案。

秦小白拉开我的拉链，眼眶湿润，仰头望着我。

我们以最快的速度赶回家，一路上，秦小白像一只发情的猫。

一进门，我就掀起秦小白的裙子，用最原始最传统的方式表达了我对她的想念。

半夜我从梦里醒来，眼里含着眼泪。秦小白已经不在了。

我打开手机，想给秦小白打电话，却找不到她的号码，微信也被她偷偷删掉了。

我从床上爬起来，点上烟，在房间里徘徊。房间里没有秦小白留下的任何东西，她似乎有意将她所有的东西都带走了，什么都没留下。我试图找到秦小白留下的痕迹，可是找完了客厅、卧室、厨房、厕所，一无所获。

我趴在地上，像一条狗一样希望嗅到秦小白的味道。可是，什么都没有。

我找不到秦小白，学校里找不到，家里也一直没人。除了记忆，她没有给我留下任何可以证明她存在过的证据。比如一支口红、一张照片，可是这些都没有。

她消失得无影无踪，就像没有存在过。

想到这些，我内心不安，那个曾经如此真实现在却消失无踪的姑娘，去哪里了？这一切给我带来了巨大的困扰，我头脑里一片混乱，变得暴躁不安。

我开始怀疑秦小白是否真的存在过。

所以上个月，当秦小白再次出现，我就开始失眠。秦小白就像压在我心上的石头，每天都让我喘不过气。

秦小白告诉我毕业后她就去了上海，后来被上海的一家公司聘用，就再也没回过重庆。

我问秦小白，你为何要在我手机备忘录里留下你的微信号？为何要在消失几年之后再次出现？

她说，来上海，我再告诉你。

现在，秦小白，我来了。

而你在哪里？

五

坐火车回重庆，火车开出上海，透过窗户，满眼都是雾霾。而我到上海的第一天，蓝天白云，阳光和煦。时间可以改变天气，可以改变容貌，可以萌发爱情，也可以让人情变得淡漠。见到秦小白之前，我并没有想那么多，也没有无端揣测，这世上之事谁说得清楚呢，就连故事，我们也往往猜得到开头，猜不到结尾。

秦小白在我即将爱上她的时候突然选择离开，走得决绝彻底。而现在，秦小白说，来上海，来了我告诉你这些年都发生了什么。比起这些年秦小白经历了什么，我更想知道她过得怎么样，更想知道我们对彼此而言到底意味着什么。

趁着到上海出差的机会，我联系了秦小白，希望和她见一面。

到上海的第一天，秦小白在上班，我去逛复旦。下了个摩拜单车，在冬日的暖阳里，我戴着耳机听着老狼的歌，骑着单车在校园里闲逛。

当天下午，我约秦小白见面，她在浦东，我住静安寺。秦小白说："来浦东找我吧。"我查了地铁，发现有些远，第二天一早要去客户公司开会。我说："要不你过来吧。"秦小白也嫌远，我打开地图选择了一个中间位置，建议约在陆家嘴见。秦小白还是不愿意。

之前我们隔着1000多公里，现在我来了，近在咫尺，却因为最后十几公里的距离，我们居然都不肯向对方妥协。我不能理解我们在坚持什么，也许秦小白也不理解。

到上海的第二天，秦小白约我见面，她说："晚上我约了闺密去新天地喝酒，你一起来吧。"我说："你知道我不喜欢和陌生人玩。"秦小白诱惑我说："三个大姑娘，都是美女。"我说："再美又如何，我是来见你的。"秦小白说："可我想喝酒。"于是我提议我们俩单独找个酒吧，也能好好说说话。秦小白不愿意。

我说："秦小白，以前你可不这样。"秦小白问我："以前我什么样？这都过去几年了，我他妈经历了什么你知道吗？我能永远是那个懵懂无知、像一只猫一样躲在你怀里的小姑娘吗？"

秦小白问得我哑口无言。我想秦小白是对的，时间多可怕啊，它当然可以让我记忆里的秦小白变成一个陌生的秦小白。我缺席了秦小白生命中最重要的几年，也许就意味着我将彻底从她的生活里消失了。

我没有去找她。凌晨3点，我起床上厕所，打开手机看到秦小白一两点给我发了几条消息。她问我，你为什么不来？

她说，我的生活一塌糊涂。

她说，我喝多了，来带我走吧，就像我在重庆喝多了你带我回家一样。

点了支烟，我走到窗户前，给秦小白打电话，关机。再打，还是关机。

我想大概手机没电了吧，我记得秦小白从来不关机的。抽完烟，钻进被窝，我却再也睡不着。

等到第二天中午我才联系上秦小白。我问她："你在哪儿？我来找你，发位置给我。"

转了一趟地铁，走了不少路，我才找到秦小白住的小区。她说她还在被窝里，所以没办法出来接我。想着她今天应该还没吃过东西，我在小区门口的便利店给她买了一些吃的和热饮。按着地址我找上楼，终于见到了秦小白。

那是间很小的房子，看上去凌乱不堪，秦小白蓬头垢面地窝在沙发上，看上去和房间一样糟糕。所有我预想中美好的见面场景都没有发生，一切都令人有些失望。没有相见的喜悦，也没有悲伤，没有拥抱，没有亲吻，甚至连一句问候都没有。

我坐到秦小白身边，把吃的拿出来。秦小白说："昨晚喝太多啦，难受，什么都不想吃，我想再睡会儿。"

"睡吧，我陪着你。"我伸手抚摸她的脸，那张我曾无比想念此时却不知为何变得有些陌生的脸。

秦小白站起来，拉着我进房间。房间里只有一张双人床和一个衣柜，秦小白脱掉身上臃肿的睡衣，露出纤细的身子，倒在床上，她拉上被子示意我躺下，就闭上了眼睛。

我轻轻脱去外套，侧躺在秦小白的身边，看着她沉沉睡去。

没过多久，我也睡着了。醒来的时候天已经黑了，秦小白说："收拾一下我们出去吃饭。"

我们走进寒风里，我拉着秦小白的手，放进我兜里。我说："你的手变小了。"

秦小白说:“不只呢，整个人都瘦了不少，不到 85 斤了。”

“刚刚发现了，比以前还瘦。”说完我揽过她纤细的腰，希望她靠我近一点。

听我说起在上海的这几天我没有吃过一顿饱饭，秦小白特意带我去了一家川菜馆。秦小白为我点了好几个菜，她一向吃得很少，当初在重庆，她几乎很少吃米饭，每一餐只是吃点菜喝点汤，然后就看着我吃。

秦小白如以前一样很快就放下了筷子，看着我吃，那种感觉恍若隔世。我们吃完饭再次走进寒风里。我问秦小白:“我们去哪儿？”

秦小白抬头看我:“你要和我回家吗？”

“都可以。”我说。

秦小白说:“那就跟我回去吧。”她言语冷淡，冷淡得让人浑身不自在。

我不知道怎么回应她，只能闭嘴不言。

六

回去的路上我们一直保持着沉默，一点没有久别重逢的喜悦，更不像在重庆时对彼此饱含热情。

我不知道秦小白是否也和我一样，根本没有想要和对方睡的欲望，但是我能感受到，我们走得很近，却离得很远。

回家之后，秦小白脱掉外套，剩下一身紧身毛衣和裤子。我这才认真观察起她来，她的腰特别细，屁股比以前圆润了一些，看上去玲珑有致。

我们面对面坐在床上，互相看着对方，默默地抽烟。我等着秦小白告诉我，这几年到底发生了什么。

抽完第三支烟，秦小白吐了一口烟，突然脱掉毛衣。

在她平坦的小腹上，我看到一道道清晰可怖的妊娠线。我知道妊娠线代表着什么。

秦小白重新穿上毛衣，看上去若无其事，表情也没有任何变化。

我努力让自己镇定。“多大了？”我问秦小白。

“两岁。”

“他（她）在哪儿？”

“跟着他爸。”

“跟着？”

“我们离婚了。”

然后我们都陷入了长时间的沉默。

我觉得房间特别闷，让人觉得压抑。秦小白点上一支烟，送到我嘴边，然后脱光衣服，走进了浴室。

那天晚上，我和秦小白抱在一起。我们彼此沉默，只能听到对方的呼吸声。秦小白含着泪，在久别重逢的黑夜里，一口一口吞噬着我和我的灵魂。我几乎处于一种放空的状态，甚至感觉不到自己的存在，我们紧紧地抱住对方的身体，似乎只有这样，我们才能感知到彼此的存在。

秦小白起身，又点上一支烟，她吐了一口烟圈。转头对我说："我曾经无数次想给你打电话，可我不知道打给你该说什么，也不知道你是热情还是冷漠，那样只会徒增伤感。"

我揽过秦小白的肩，拥她在怀里，就像那个冬天我在她怀里一样。现在是秦小白的冬天，我想她是需要我的。我这样想的时候，秦小白应该明白我为什么和她上床了。

以前我以为我是了解秦小白的，她缺少家庭的温暖，她需要被人疼被人爱，这样她才能确定自己的存在有价值。可是现在，我不那么确定自己是否真的理解秦小白。

秦小白说："知道怀孕的时候，我爸妈不同意我们在一起，更不同意我生下这个孩子。我爸打电话骂我，他以前不疼我，可是至少没有骂过我。我妈说我还没到过日子的时候，就和当年的她一样，以为爱能超越一切，到后来才明白，平淡的生活才是两个人最大的敌人。我知道我爸妈说得对，我们都太年轻，可是那个时候他对我的需要超过一切，他需要我，所以我想要这个孩子。"

"那为何分开？"我有些不解。

"烦了啊，"秦小白打开手机，翻出她和孩子的照片给我看，"我其实蛮喜欢这个孩子，你看多像我。可是时间一长我的状态就不对了，整天面对一个男人让我觉得特烦，我更不擅长处理两个家庭的关系。他挺爱我的，可是除了爱我什么都不会。你说爱情算什么？”

秦小白这样说的时候我突然想到顾城。除了爱情，除了诗歌，什么都不会，什么都没有。所以，是诗和远方重要，还是活在当下更重要，我不得而知。也许对秦小白而言，两个她都想要。

“我妈说得对，我太年轻，太任性，可是没有办法，我开始无法忍受那种生活。我见着他就烦，也许我压根就不适合以一个家庭成员的方式去和所爱的人相处。”

秦小白说完这些，站起来走到窗户边，拉开窗帘。上海的夜色朦胧，秦小白赤裸着身体，长时间伫立着，不知道此时她在想什么。

而我终于明白，其实秦小白谁都不爱，自始至终，她爱的只是她自己。之前的男友她不爱，她一度无法从他离开的悲伤中走出来只是因为从来没有一个人用生命去爱她。她也不爱我，我们只是互相需要，相互慰藉罢了。她的老公和孩子她也不爱，她只是以为自己可以为爱改变，然而一切都是徒劳。

有些人，为自己而生，也为自己而活。他们不是得不到爱，只是不懂得应该如何去爱。

二分之一女友

他与别的理科生不同，文艺，个性，会写诗，玩摄影，爱摇滚，弹吉他，会追女孩子。

他是我的第二个男友。在我们恋爱三周年纪念日那天，从凌晨零点开始到当天下午 2 点，我们整整在酒店待了 14 个小时。中途叫了一次外卖，花了半个小时吃完，还花了半个小时一起洗了三次澡。

我之所以记得如此清晰，是因为在当天下午 2 点我们退房回到学校大门的时候，我向他提出了分手。当时他是我的男友，而我只是他众多女友中的一个。

这是一场愚蠢而可笑的游戏，我却陪他玩了八个月。我决定在那天结束我们畸形的关系，否则终有一天我会恨他，我自己也将变成我所憎恨的那种人。

八个月前的一天，阴雨绵绵，我们没带伞。他个子比我高出一个头，出了酒店大门他就把我罩在他的风衣里，我想起来小时候我爸爸也这样为我遮雨。我当时想，他一定是爸爸在冥冥之中为我安排的替他照顾我的男人。

往常他会送我回寝室，可那天走到大门，他停了下来，退到一边。我们面对面站在细雨迷离的盛夏里，时间突然凝固了一般。他反常的举动、异样的表情让我心生疑惑。略有迟疑，但也够果断，连铺垫都没有，他以一种直接甚至是残忍的方式告诉我："我喜欢上一个女生，我想和她谈恋爱。我不是要和你分手……我的意思是我想体验不同的爱情……但我不是不爱你了，我对你的爱从来没有改变过。"

我惊得说不出话，在七月的盛夏，我的心里竟生出一股寒意。这一切毫无征兆，他那张我再熟悉不过的脸，随着我的眼泪变得模糊而陌生起来。我爱了两年多的男人，刚刚才和我缠绵一夜的男人，我想要毕业就嫁给他的男人，此刻却厚颜无耻地要求我与别人分享他，分享本就属于我的爱情。如果不是亲耳听到，我怎么也难以相信这种话竟是从他的嘴里说出来的。

更让我难过的是，这两年多，我都看错了吗？这两年多来的感情，都是假的吗？

我有许多的疑问，却一句都问不出口，我感到莫大的耻辱。他的一席话已经将我们两年多来彼此建立起来的感情和信任击得粉碎。

我带着突如其来的打击，还有失望、悲恸和耻辱，掩面而逃。自那天起我便躲着他，不愿再见到他，可他总有办法找到我。两年多来，我们常玩猫捉老鼠的游戏，只是这一次，我真的成为了老鼠，只想离这只猫远远的。

他找到我的那天，天气转凉，一场狂风暴雨刚刚过去，树枝折断在路边，垃圾箱滚到路中间，满目狼藉。我几天没洗头，黑着眼圈，脸上浮肿，看上去或许更糟一些。他挡住我的去路，蛮横地抓住我的手，直到我疼得落泪。他用力把我抱在怀里，我几乎不能呼吸。我浑身无力，想要逃脱，又甘愿这一切未曾发生，永远在他怀里。眼泪混着悲伤，脑子毫无意识，直到他搂着我走进温暖的咖啡店，我才渐渐苏醒过来。

“喝点咖啡暖和一下吧。”如往常一样，他把咖啡送到我手上。我接过咖啡抿了一口，盯着他的眼睛问：“你爱她？”

“我……喜欢她。”

“呵呵，你什么时候变得如此扭捏？喜欢和爱有何区别？”我冷笑道。

“不一样，我爱你，以前爱，现在爱，以后也爱。”

“那你打算把我摆在什么位置？”

“我心里一半的位置永远都属于你。”

“在你心里我这么廉价？我凭什么要和别人分享爱情？”我第一次对他生出恨意，“你只是在为你自己的背叛找借口。”

我站起身道：“我们分手吧。”

可是我们并没有分手。

这样的谈话进行了三次，每一次他都一再保证我对他而言不是别人能取代的。我相信他，只是我不明白为什么一个人可以同时去爱两个人，我更不明白为什么有了我他依然想要去体验别人。我甚至妥协，若是想和别人在一起，那就去好了，不用告诉我，也不要让我知道。我明白男人难免被别的女人吸引，想玩我可以给他自由和空间，我只是不想与人分享爱情。

直到有一天，我看到韩寒接受采访说的这段话："我和我太太的感情非常坚固，但也许和其他姑娘也早已如同亲人。我甚至希望她们之间能够友好互助和平共处，就是这样。其他人会爱上我，我也许也会中意其他人，但没有人能改变我和我太太的感情。"

我答应了他的请求，同时也提出了三个要求：一、以学校中轴线为界，我不去东边，他们也不要来西边；二、所有的节假日和我在一起；三、不能把她带回他的出租房，那张床只能属于我们。他一一答应。

那天起，我成了二分之一女友。

那一年大四，我们有大把空闲的时间，他也正好有了足够的恋爱时间。每周有三天他和我在一起，陪我去图书馆看书，去食堂吃饭，每周我们看一次电影，去学校草地上晒太阳，去春熙路逛街买衣服。做这些的时候我尽量一如往常，忘记另一个她的存在。其余时间他们在一起，我猜他们大概也在做着我们曾经做过的相同或相似的事。

只不过，那对他们而言或许有着不一样的意义。

就如我们曾经一样，他们有许多的第一次要体验，第一次牵手散步，第一次在阳光里互相追逐，第一次吃让人印象深刻的美食，第一次在黑夜里探索对方的身体，第一次随着高潮退去紧紧拥抱，第一次激烈争吵后抱头痛哭。无数的第一次构建起一份完整的爱情，并在未来成为两个人爱情的回忆。

有时候我会忍不住去猜想这些情景，它让我痛苦，又给我带来一丝快感，因为我相信，他们只是在重复我们走过的路罢了。总有一天，我今天的遭遇将在她身上重演。

然而事实也许并非如我所想。不久之后我在学校碰到他们，那是我唯一一次见到她。那天我无意中走到学校中轴线那条梧桐大道上，梧桐叶铺满了整条路，踩上去沙沙作响。不经意抬头，竟看到不远处的他们，他们正十指相扣，对立而视。她一头长发，看上去比我漂亮，也更有朝气和活力。梧桐叶缓缓从树上飘落，落到她的头上，他轻轻拂去落叶，将她拥入怀里。她开心地笑起来，双手搂着他的脖子，幸福仿佛一阵风拂过，地上的落叶纷纷飘扬起来。

我怔在原地，默默地看着这一幕，不觉眼眶已经湿润。

他若不是我的男朋友，不是我爱的男人，我或许会不由感叹：多么般配的一对。或许我还会羡慕他们，希望我也有一个这样静默相守的人。

我不该出现在这里，不该看到眼前这一切，它看上去太过美好。可越是美好，对我而言越是残忍。

我久久不能从那天的画面里走出来，到后来，它甚至出现在我的梦里。我哭着惊醒过来，在深夜的寝室，我蒙头痛哭。

我满心悲愤，无处宣泄。我神经质地在出租屋床上寻找蛛丝马迹，果然让我找到了她的头发，至少我坚信那是她的头发。面对我的质问，他眼神躲闪，我更加确信我脑子里的场景都是真的。

他并不承认，我们大吵一架。我步步紧逼，想要听到他亲口承认违背了我们的约定。虽然我并不知道这有何意义，他连我们的爱情都能背叛，一条约定而已，又怎会在意?

我们不欢而散。

我开始变得多疑，焦虑，常常失眠，难得睡着又做噩梦。很快就到了大四最后一个学期。临近毕业，大家都忙着找工作，我大部分时间都待在寝室不愿出门。他们处在热恋期，大概也不想我扫他的兴，而且他也忙着找工作，我们见面的时间越来越少。三个人的关系让我逐渐感到厌恶，心力交瘁。短短一个月，我瘦了十几斤，室友每天看着我叹气。我自己却浑然不觉，直到有一天照镜子，我发现镜中的自己就像另一个人，苍白，陌生，令人生厌。我突然想到我爸爸，他死的时候用力握着我的手，带着对命运的不甘心和对我的不放心，永远地闭上了眼睛。想到我爸爸，又想到自己，我怎么活成了如今这个样子?

我慢慢明白过来，从他想和她在一起那一刻起，我们的爱情已经被宣判了死刑。我苦苦支撑到现在，换来的不过是一场噩梦。这就是我们恋爱三周年纪念日那天分手的原因，我想结束这段畸形的关系。我不想让它毁掉我和我的生活。

结束感情不易，斩断情丝更不易，我深知这对我有多难。所以我开始大量投递简历，想要尽快找到一份工作，搬离学校，开始新的生活。半个月之后，机缘巧合，有家服装品牌要聘用我，正好我也不太喜欢办公室的工作。几乎是逃跑一样，我一天就找到了住处，搬到了公司附近的公寓，只是付出了高昂的租金代价。

搬到公寓的第一天，我认识了张辉。我一个人拖着行李，走到公寓门口，累得满头大汗。有人从我身边路过，他回头看了一眼我，又看了一眼地上的行李。他停下来问我："美女，需要帮忙吗？"

我摆摆手："谢谢，不用。"

"没关系，反正我也要上楼，顺手的事。"他坚持要帮助我，态度诚恳。

我就这样认识了张辉，不过只是一面之缘，没有留电话，没有加微信。张辉个头不高，五官还算好看，只是感觉并没有看上去那么淳厚。

张辉并不住那间公寓，他说来找朋友。过了几天，我又在公寓楼下碰到了张辉。我问他怎么又来了，他说朋友找他有事。我们闲聊了几句，加了微信。后来我们偶尔在微信上不咸不淡地聊几句。直觉告诉我张辉很懂女孩子，和他聊天轻松愉快，不会让人感到任何不适，就连偶尔开点带色情意味的玩笑他都将分寸把握得很好。

我住的那个公寓楼有很多单间，又位于城南繁华的区域，所以很多楼凤在此聚集，整个小区就像个大窑子。刚开始我总在电梯里遇到各种衣着暴露、浓妆艳抹的女人，我对此一头雾水。直到张辉告诉我真相，我想起租房的时候那个神色暧昧的中介，这才恍然大悟，他大概把我当成了小姐。

张辉笑话我："一开始我也以为你是楼凤呢。"

我也不甘示弱："所以那几次你不是来找朋友，是来玩的吧。"

我的工作是做销售，商场是新的，店是新开的，店长和销售都是从各个店抽调过来的，彼此之间都不熟悉。店长是个漂亮的女生，心气很高，对顾客常常态度傲慢，对我们自然就更差。店里几个销售都算不上漂亮，她常骂我们没品位，穿着土气。

品牌店的顾客大都是有钱人，趾高气扬，对我们呼来唤去。遇到脾气差的顾客，稍有不对，就对我们发火。只有店长在顾客面前始终保持着傲气，从不忍让。

这个世界上有太多的不如意和不顺利。不仅是爱情，还有工作，未来还有更多。我明白这些，但明白是一回事，真正去面对却是另一回事。

我过得很不开心。

和他分开之后，我第一次独自面对社会，独自在陌生的环境工作，独自在城市的角落里生活。每当夜晚降临，在那间30平方米的公寓里，看着窗外万家灯火，我孤身一人，坐在地板上，抱着双腿，时间如水般淌过，留下一片苍白。

很多个夜里，张辉都与我在微信上聊天，有时候他也会打电话过来，讲些趣事给我听。我没有做好敞开心扉的准备，也不大懂得如何把握两个人的关系，虽然和他聊天让人开心，但总是早早挂掉电话。

时间很快就到了夏天，夏天一来，就意味着我又长了一岁。

生日那天我上晚班。下班从商场出来，热气扑面，城市的夜色茫茫，街道已经开始变得冷清。我掏出手机，把电话、短信、微信、微博统统检查了一遍，没有他的任何消息，只有我妈发了一条祝我生日快乐的微信和一个200块的红包。他是忘了我的生日还是我们真的已形同陌路，彼此间不再有任何关系？奇怪的是，那一天，张辉也没有给我发过一条消息。

站了一天，小腿有些酸痛，我脱掉高跟鞋，光着脚踩在还有些温热的地面上，慢慢走回去。那段路不长，只有五六百米，我却感觉走了很久，一直都走不到头。

走到公寓楼下，我再次掏出手机，给张辉发去一条消息：能陪我去喝酒吗？

发完消息我走进一家24小时营业的超市，买了一包烟、一个打火机和一瓶冰镇啤酒。我第一次抽烟是在我爸去世的那天，抽烟能让人上瘾，却不能治愈伤痛。可是除了抽烟喝酒，我还能怎么化解心中的抑郁、难过和不安呢?

我爱了一个人整整三年，倾尽了我所有的感情，我该怎么做才能治愈这段感情给我留下的累累伤痕?

我拼命想要逃开，想要忘记，可一切都是徒劳，一切都无济于事，我毫无办法。

此时，我赤着脚，随意地坐在路边，抽着烟喝着酒。漂亮的高跟鞋摆在旁边，与我精致的妆容、得体的短裙一起，我想这一定构成了一幅不得体的画面。有人经过，用猎奇的眼神偷偷瞄我，我看起来大概像一个流落街头的流莺。

我突然想起公寓里那些以身体营生的女人，她们是为了谋生还是为了满足物欲，竟能将自己的身体作为换取金钱的工具? 她们赤裸在陌生男人眼前的时候感到羞耻吗? 她们与不同的男人做爱的时候有灵魂吗?

张辉看到我的时候眼里闪过一丝疑惑，一丝生气，还有一丝心疼，这些我都感受到了。他张口说话，没有指责我，反而话语里都是暖暖的担心:“怎么在这里喝? 多不安全。”说着看了看一旁的高跟鞋。他转身往超市走，出来时手里拿着湿巾，他蹲在我跟前，抬起我的脚，抽出湿巾，帮我擦起脚来。两只脚都仔细擦干净，又帮我穿上高跟鞋。我认真看着他的脸，他的表情，他皱眉的样子，他低头的瞬间，怎么会那么像我爸爸呢？

那晚我和张辉喝了不少酒。我们在落地窗前，面对城市的夜，一口酒一口烟，就着一段一段的往事。受到了我的感染，平时稳重乐观的张辉也显露出他忧伤的一面。从侧面看上去，他的脸上被朦胧的忧郁笼罩。也许是为了安慰我，他向我讲起他的故事。那些与我无关的故事，从他的嘴里说出来，变得真实生动，让人感同身受。我听过很多故事，但是张辉的故事给我留下了深刻的印象。他少年时代的初恋，纯洁美好的长裙少女，他们无忧无虑的风一般的日子。还有他自杀的前女友，热烈激昂，自由无束，在最美的年纪早早凋谢，给他留下无尽的遗憾。

我原本迷迷糊糊，听完张辉的故事脑子却逐渐清醒过来。我靠近张辉，与他长久地拥抱，直到他起身向我告别。我们心照不宣，怕一旦情绪失控，彼此难以抑制。

张辉走后，我爬上床，细细想起这些年的往事。再想到张辉，是时候向过去的自己告别了。

后来我常与张辉混在一起。

他喜欢运动，我正好没事做，就跟着他去打羽毛球、游泳，还跟着他参加过一次露营。除此之外就是吃饭、喝茶、泡吧。和张辉一起还认识了一些新的朋友，我的生活开始变得丰富起来，除了每天回到那间小小的房间，日子就这样云淡风轻地过着。

公司那边，毕业之后我就转正了，我东西学得快，店里的事务都大概掌握了。店长也开始喜欢上了我，把我当自己人，唯独还有一点让人烦恼：品牌店的主要顾客是一些三四十岁的男性，男人到了这个年龄，有了一定的经济实力，就想着泡年轻女孩，我们不得不忍耐这些男人的骚扰。短短一个月，我遇到三个不好打发的男人，一个每次来都问我要电话，一个总在我下班的时候在商场门口堵我，另一个更是直接表示想要包养我。那天下班又看见想约我的男人在门口等我，我不堪其扰，终于与他撕破脸，在行人诧异的目光中逃走了。

一个人走在车水马龙的大街上，孤独、委屈和无助感瞬间侵蚀了我。打开手机，看到张辉发来消息，我问他在哪里。

见到张辉的时候，我坐在中山广场，看着他在人群中慌张地四处张望找寻我的身影。那一刻，如果张辉跑过来，紧紧把我揽入怀里，对我说“我爱你，请让我照顾你”，我一定和他在一起。

可是并没有。

他终于看到我，快步走过来，站在我面前，感觉松了一口气。

“你还好吧？”

“没事了，我们走吧。”

我问张辉，哪里可以俯瞰成都。张辉想了想，带我去了一个地方。

那是一间私人咖啡馆，卖咖啡，也卖酒。我站在 48 层的落地窗前，眼前这座我生活了 20 多年的城市，我异常熟悉的城市如今正在变得陌生。记得小时候我爸骑车载我去游乐园，路还没有这么宽，路上也只有几辆车，路边没有这么多高楼大厦，人们看上去也更有人情味。如今，走在路上，我常觉得孤独，站在 150 米高的城市上空俯瞰这座城市，也难以抑制我心里巨大的失落感。

我们在咖啡店待了一个晚上，我第一次向张辉讲起我的童年和我爸爸，那段刚刚结束的铭刻在我心上的感情，以及那个深深伤害我背弃我的男人。讲到后面，长时间的压抑变成止不住的泪水。

多么相似的一晚，那一晚在我家里，张辉向我讲起他多年的故事。而今晚，依然是多年的故事，只是主角换作了我。张辉伸手来拉我的手，我没有躲开，被他的一双大手握住，感觉踏实又温暖。张辉温情脉脉地对我说：“忘记过去吧，以后不管发生什么，我都在你身边陪着你。”

张辉的话温暖人心，我自然明白他的心意，我的内心却告诉我：要冷静。我抽出双手，故作冷淡地拒绝了他的好意。“谢谢你，”我说，“认识你这个朋友我真的很开心。”

那晚又喝了许多酒，第二天醒来的时候，我头痛得厉害。我睁开眼，看到一个陌生的房间，闻到的也是陌生的味道。我想起来昨晚喝完酒，张辉送我回家，我闹着还要喝，正好我们在他家附近，就到了他家来喝酒。我下意识拉开被子，看到我身上穿着一件白色的T恤。

我急忙穿好衣服，蹑手蹑脚走出房间，只见张辉躺在沙发上玩手机。“你为什么脱我衣服？”我走到张辉面前，满心疑惑地质问他。

张辉转过头，一脸茫然地看着我：“你忘了？你自己脱的。我只能给你穿上我的T恤了。”张辉说得真诚，不像在说谎，我也相信他不会乘人之危。

“那我有没有对你做什么？”

张辉哈哈大笑起来：“我倒是期望你对我做点什么。”

我对他翻了个白眼，告诉自己以后不能再喝这么多酒了。

张辉和我像两个熟识的朋友，有时候也像一对情侣，我们一起逛街、吃饭、看电影、喝酒、聊生活，聊各种趣事。我以前最讨厌男女之间暧昧不清，没想到有一天，我自己也变成了这样的人。张辉人好，我对他并非没有好感。只是，我心里清楚，这不是爱情。

我想，他总有一天会遇到与他相爱的人，那个人是完完全全属于他的，不管是人还是心，只有那样，才配得上他。我知道，我们早晚要向对方告别，总有一个人会先离开。

这一天迟早会到来。只是我没想到，它来得那么快。

直到现在，我还常想起那一天来。张辉说我还未吃过他做的饭，他准备了一桌我喜欢的菜。我带了一瓶红酒，穿了一条我最爱的长裙赴约。我们相对而坐，餐桌对面，张辉一直看着我不说话，只是神情严肃地看着我。

我感觉到气氛有些不对，和张辉开起玩笑。他终于端起酒杯与我碰杯，一口饮尽半杯红酒。

“我要走了。”

我故作轻松道：“原来是散伙饭啊 。”

张辉走过来给我倒上酒说：“过两天我要去深圳了，机票已经买好了。”他顿了顿，补充道：“也许就在那边安家了。”

张辉说完这句话，气氛忽然就变得伤感。我想起张辉前不久才对我说过的那句话：“以后不管发生什么，我都在你身边陪着你。”我没有当过真，也不希望他这么做。可是当他毁约时，我却有些失望。

张辉厨艺不错，但是那顿饭我却吃得索然无味。我心想：有好多话如果再不说，是不是就没有机会了？但是这个时候，说什么还有意义吗？我忍不住问张辉：“为什么要走呢？”张辉说：“我本来就不属于这里，其实我家人全都搬去了深圳，原本我也早该过去，却在这个时候遇到你。”

张辉说："自从她自杀以后，我就觉得我不会再爱谁。这两年，我放纵过自己，我和不同的女孩上床，可是每晚，我一个人躺在床上，寂寞爬上我的身体，它像毒蛇一样钻进我的皮肤，渗进血液，让我呼吸困难。可是自从遇见你，当我觉得特别寂寞的时候、难受的时候，我就会想起你，好像你就在我身边，我可以感知，可以触摸。你知道吗？我真的想过要和你在一起，给你温暖，给你我全部的爱。可是，我抓不住你，我能感觉到你还陷在上一段感情里，你的心还停留在另一个人身上。你也并不爱我。

"我很想一直陪在你身边，在你触手可及的地方，任何时候，只要你需要，我会在你身边不离不弃。可是我发现我做不到，我想要爱情，属于我的爱情，想要一个能让我安心的人。

"我身心俱疲，无法再承受失去了。"

张辉的话一字一句刻进我心里，深深刺痛我的心。

那晚我第二次进入张辉的房间。上一次我酒后在这里自己脱去衣服，张辉为我穿上他的T恤。这一次，张辉脱去我的长裙，亲吻我的身体。他抚摸我全身的肌肤，从我的额头、鼻尖、嘴唇、我的胸、小腹，一寸一寸吻下去。吻到后面，我听到张辉哭了起来。我坐起来，把他抱在怀里，抚摸他的后背，他就像个孩子，身体微微颤抖，轻轻地哭泣。

在我的记忆里，从来没有谁像他这样哭过，那种埋藏在深处的、压抑已久的、隐忍的哭泣声。

后来我偶尔会想起那一晚，那种离愁别绪将我们包裹在一起，像是在举行一个仪式，一个彼此告别的仪式。它代表了我们所有的难过、不舍、遗憾和无能为力。

后来想起，我觉得人大概就是这样吧。

你本来并没有想要一样东西，只是一直以来，它就在你手边，有一天别人拿走了本来你唾手可得的东西，你才会觉得好像失去了什么，好像原本属于你的东西突然就与你无关了。

也许你一直以为你是在错误的时间遇到了对的人。

然而，你的难过，你的不舍，你的遗憾，你的无能为力，其实只是因为你不够爱而已。

别和刚失恋的人谈恋爱

一

余蓝每天的生活是从晚上 10 点开始的。她几乎准时化好妆出门，打车去兰桂坊。她喜欢独来独往，一个人，固定的一家酒吧，每次点同样的酒。

余蓝那年 22 岁，刚大学毕业，有一个有钱却常年不在身边的男朋友。常去酒吧的男人大都认得她，有许多人尝试过跟她搭讪，她总是冷冰冰地拒绝。余蓝一向反感男人的讨好和奉承，就连小时候大人夸她可爱都会遭到她的白眼。她对这个世界心怀戒备。灯红酒绿的酒吧就算有男伴也难以躲过别的男人搭讪。余蓝想到一个办法，她开始每晚花钱点三个男人陪她喝酒。他们靠脸吃饭，自然年轻帅气，但是余蓝心里不喜欢他们。靠出卖色相讨生活的男人在余蓝眼里没有一点男人的魅力，不过这不重要，既然是买卖关系，约定好服务内容彼此就可以心安理得。

余蓝酒量好，每晚喝到凌晨 2 点有些醉意了她才回家睡觉。如果哪一天她没有去酒吧喝酒，彻夜的失眠将使她情绪崩溃。有了酒精的催眠，余蓝会一直睡到第二天中午起床。她会自己下厨做饭，吃完饭约朋友逛街、喝咖啡、打麻将，不约人的时候她就在家里看书、插花、练习钢琴。她过得像一个富太太，也像一个被有钱人包养的情人。

余蓝常常想，自己和情人有什么区别，思来想去，似乎并没有区别。一只囚禁在笼子里的金丝雀，不会因为主人是否喜欢它而改变它被囚禁的事实。余蓝觉得自己就是那只金丝雀，也许哪一天主人会喜欢上别的金丝雀；而最令她担心的是，自己有一天会断了羽翼，再也飞不起来。

他们在一起两年多，除了刚开始在一起的半年，后来两个人在一起的时间屈指可数。他是个工作狂，名下有两家公司，一个月中超过 20 天的时间都在全国各地飞，不是在工作途中就是和客户在一起，剩下的时间他才以一个实体存在于她的生活里。她不喜欢现在的生活，她想去工作。可是一旦工作，他们在一起的时间将变得更少。她只能这样熬着，希望熬到头，但是哪里才是头，她并没有答案。

他再一次在她这里待了三天之后拖着行李下楼。过两天是她 23 岁的生日，他提前送了她礼物，并且在家里一直陪着她。但她并不开心，她希望他像别人的男朋友一样，把她而不是那些永无止境的工作放在首位。所以当他拉着行李从入户大堂走出来的时候，她站在阳台，端起一盆花砸了下去。花没有砸中他，却将她的心砸得粉碎。

她终于结束了这段辛苦的恋爱。

二

我工作最忙的那年，早上7点半起床去上班，晚上12点到次日2点之间下班，回到家女友已经入睡，早上出门时女友还在睡觉。她在商场工作，早晚班，周末无休，我周末偶尔休一天。一年下来，我们只有调休时和春节能有几天真正意义上在一起的时光，而不只是住在一起。那一年我们还常常出差，她飞上海我飞广州，她去重庆我去杭州。

所以我几乎过着一个人的生活，一个人吃饭，一个人逛街，一个人看电影，一个人去旅行。那年冬天很冷，半夜里我总肚子痛，痛得无法入眠，我不想打扰她，独自忍受着疼痛，常常整晚都睡不好。实在忍不住了跑去医院看医生，医生建议我住院好好检查下。那一年工作下来，我疲惫不堪，心想正好趁机请假休息几天。

医院离我们住的地方有十几公里车程。我独自开车去医院，办理入院，住进医院之后我发现别人都有人陪护，只有我是一个人。我不想住在医院，每天早上查房之前去医院，白天做完检查，等晚上查完房又偷偷溜回家。

也许是心里有些苦楚，做胃镜和肠镜时我都选择了不用麻药。结果做胃镜的时候特别难受，管子插进喉咙，顺着食道往里钻，异物感让我忍不住呕吐。胃里没有食物，水和胃液顺着嘴角不自觉地流出来。做完胃镜之后我开始对第二天的肠镜感到恐惧。

第二天一早，医生让我喝掉一升水和500毫升甘露醇。喝完之后肚子很难受，一个上午跑了十几次厕所总算是把肠道排空了。做检查的是三个女医生，她们把我的裤子扒下来，叫我侧躺到床上。我说了一句“你们轻点”，就闭上眼睛，变成一只待宰的羔羊。

比起胃镜，肠镜果然更加痛苦。我能清晰地感觉到那根管子撑开我的身体，顺着肠道慢慢钻进我的肚子里。它每前进一点，痛苦就加深一些。最令人难以忍受的是，她们好像半天没发现问题在哪个部位，管子在我的肠道里进进出出，痛得我满头大汗，忍不住凄声叫起来。医生不许我叫，我越叫她们动作越粗暴。我心里忍不住暗骂，整个人快要痛晕过去，满脑子空荡荡的，只剩下钻心的痛。

做完检查，确定是胃溃疡加上十二指肠溃疡，需要住院治疗。女友一直没来医院看过我，我也没打算让她来。我们虽然在一起，但是和单身已经毫无区别。有一晚病房只剩我一个人，半夜我做了个噩梦。醒来面对空荡荡的病房，孤独伴着窗外的黑夜将我彻底吞噬。

我埋在被子里，痛痛快快哭了一场。

出院之后，我便提出分手，很快换了房子，搬了出去。

三

开春之后我常跟着朋友去酒吧，余蓝就是在那个时候出现的。她是第一个把我喝趴下的姑娘，第一次见她的那个晚上我醉得瘫到了地上。

当时我整个身体扑在地上，像拖完地的拖布。其他人都在看我笑话，没人扶我一把。最后余蓝看不下去了，叫哥几个把我扶起来，扔进出租车。后来我就什么都不记得了。

第二天醒来，我仿佛置身于一个虚幻的世界。那应该是一间普通的卧室，十几平方米，可房间里什么都没有。没有床，没有衣柜，没有沙发，甚至没有窗帘。只有四面浅灰色的墙和头上一盏美式的吸顶灯。

搞清楚了我所处的环境，我意识到两件事：一是我在地板上睡了一晚上，浑身酸痛；二是我浑身上下只剩下一条内裤，其他衣服不知所踪。

喝断片是件让人后怕的事儿。第二天醒来你不仅想不起头一晚醉酒的过程，也不知道自己醉酒后做了什么，最让人抓狂的是你总怀疑自己干了什么丢人的事儿，说了什么藏在心里的不想让别人知道的秘密。大家偏偏还瞒着你，安慰你什么都没发生，希望以此让你安心，但是你分明从他们的表情和眼神中看到了什么。看到了什么呢？你不得而知。

我爬起来走出房间，客厅也和卧室一样空无一物，整个房子都是空的，看上去像是刚刚完成装修。我找遍了整个房子都没有找到我的衣服，还有钱包、手机、钥匙，都消失无踪。令人绝望的是，我完全想不起头一晚发生了什么，我又为什么会在这里。

身处一个陌生的环境，没有衣服，没有手机，我感觉自己像在一座孤岛上。我毫无头绪，走到窗户边向外望去，楼下是小区的中庭，有个露天泳池，看着像是一个新小区。再往远处看，满眼高楼林立的城市森林，我希望能看到熟悉的道路或建筑，以此辨别方位。眼前的城市熟悉又陌生，我好像见过，又好像从来不曾来过。

直到身后传来开门的声音，我才缓过神来。潜意识想找个地方躲起来，可是屋子里没有能让我藏身的地方，我不能钻到地板里去。门开了，一个姑娘走了进来，竟然是余蓝。

我见着余蓝的时候有些尴尬，余蓝似乎知道我想问什么，我还没开口，她就主动讲起来。

她心地很善良，善良得近乎残酷。她说："你哥们儿把你送上出租车后又继续回去玩，只能我送你。我本来想送你回家的，问你住哪儿，你一直闹着说自己没有家，我只能带你回来。但是一下车你就吐了，吐得满身都是，吐完之后你自己把上衣裤子都脱了，扔进了垃圾桶。"

"我把自己扒光了？"我感到难以置信，不相信自己喝醉了是这副德行："那我的手机和钱包呢？"

"我从垃圾桶里翻出来了，"说着余蓝从包里掏出我的手机、钱包、钥匙，一一递给我，"昨晚忘了拿出来，回去才发现。"

"可是我为什么会睡在这？你去哪里了？"我十分疑惑余蓝为什么把我带到这个空房子来。

"我总不能带你回我妈家吧？这个房子刚装好，没人住，只是什么都没有。我安顿好你就回家了，对了，你昨晚睡得好吗？"

"你觉得呢？你也真是够义气，把我扔在这儿也算安顿？你自己倒是跑回家睡在软绵绵的床上，我现在浑身都痛，骨头都痛。"

"你这人说话怎么这么刻薄！我就该把你扔在大马路上。"

四

我和余蓝认识之后常一起喝酒。她有一个特殊的习惯，每次都只喝一种酒。我因此认为余蓝是一个专情的人。后来我们在一起，我才明白，每个人都保持着自己的习惯，这种习惯也许因为一个人，但更多的时候只是因为习惯让人有安全感。

分手之后我非常孤独，状态一直不好，认识余蓝之后，我们颇有些惺惺相惜的感觉。

我问余蓝她的名字有什么寓意，余蓝说，青出于蓝胜于蓝。

我们当时赤身裸体坐在酒店淋浴间的地上聊天，两个人身上都湿漉漉的。那天是我和余蓝第一次睡在一起。这是一场意外，又是一种必然。那天晚上余蓝问我要不要去看电影，此前我们除了喝酒并没有一起做过其他的事。看电影的过程中一切都很正常，电影结束之后，我们不知道该干吗。余蓝背着手站在我面前，她说:“你要不要和我睡觉？”

我有点诧异，努力保持镇定，心里猜想她在开玩笑还是说真的，嘴上却顺着她的话:“只要你想我便想。”

我们就这样睡到了一起。

在此之前，我对余蓝知之甚少。我们常常聊天，但是很少提及自己。对我而言，要了解一个人就必须了解她的过去，就像读历史，任何一个历史的断面都极其狭隘。我很少对一个人的过去产生兴趣，所以我并没有主动问过余蓝。

我常这样告诉别人，我易动情难深情。我很容易对一个人动情，但却很难爱上一个人。在认识余蓝之前，我对许多人动过情，而真正爱过的，只有一个人。因此我并不太关心余蓝过去是什么样子，我只在意当下，她和我在一起是什么样子。

余蓝怎么想，我并不知道。只是余蓝突然向我讲起她的故事，让我心里十分忐忑。这似乎有着某种寓意，至少在我看来，这代表着某种情愫在暗自滋生。

余蓝说："我是奶奶带大的，三岁那年我爸就死了。他是送车的，就是把客户订的货车送到客户那里去。他负责贵州区域，每年要送几十辆车，每次花两天时间开过去，再坐火车回来。他死得很蹊跷，走过上百次的路，按理说已经熟悉到哪个地方有个坑都清楚的地步，没想到却在一段开阔的山路上翻车了，车子摔到了200多米的悬崖下，他被挤压得不成人形。"

"你的意思是你爸遭遇了人为的意外？"

"我不知道，过去太久了，怎么死的也不重要了。我对他毫无印象，对我而言他只是一种身份，或者一个符号，"余蓝抹掉脸上的水，"你能把烟拿进来吗？我想抽烟了。"

我起身走出淋浴间，去床头拿了烟和打火机，顺手拿了毛巾给余蓝擦手。

点上烟之后，烟雾立刻就在狭小的淋浴间缭绕，混着水汽，让人感觉像在蒸桑拿。

“我听奶奶说我妈年轻的时候是个荡妇。我爸出去送车的日子，我妈经常半夜溜出去和男人厮混。她生下我的时候奶奶仔细观察了我很久，确认我长得像我爸才放下心。我爸死后不到半年我妈就改嫁了，奶奶怕那个男人对我不好，坚持要我和她生活在一起。奶奶的顾虑是对的，但问题不在那个男人身上。没过几年我妈就和他离婚了。早些年我以为是那个男人对我妈不好，长大了才知道原来是因为我妈出轨。

“其实在我心里，我妈不是荡妇，她只是敢爱敢恨而已。她和我爸没感情，当年她出轨的人是她上学时的初恋。我爸死的也不是时候，是不是听起来怪怪的？可事实就是如此。我爸和我妈结婚前一个月，我妈的初恋刚刚结婚，我妈觉得命运不公，一气之下才很快嫁了人。听我妈说，后来离婚也是因为她的初恋，他们约会被发现了。

“我问过我妈，这辈子活得值吗？她说值。初恋当年已经有了一个孩子，他不能为了爱情抛妻弃子。他对我妈许诺等孩子 18 岁，他就离婚娶我妈。后来他遵守了诺言，离婚之后和我妈结了婚。他老婆没有哭没有闹，还和他们保持了多年的朋友关系，直到现在。”

五

我和余蓝像好朋友一样相处了一段时间，我们都没说要在一起，但眼里却只有彼此。有一天喝完酒，我问余蓝要不要一起走走。我们沿着府南河散步，在酒吧我们说了很多话，彼时却都沉默不语。那天余蓝穿着碎花短裙，扎着马尾辫，看起来像个女大学生。我们靠得很近，指尖不经意触碰到一起，自然地牵起了手。走了一段，余蓝突然停下来，站到护栏边看着河水发呆，淡淡的河水气息随着夜风在空气里渐渐弥漫开来。我伫立在她的身边，始终牵着她的手。她忽然转过身，轻轻抱住我，把头埋在我肩膀上。

我搂过余蓝的腰，闻到她头发淡淡的清新香味，一瞬间心就化开了。我说："余蓝，我们试一试在一起吧。"说完我就后悔了，我不该这样说，这显得太随意。我又补充道："我还挺喜欢你的。"

余蓝用力把我抱得更紧了一些，我想，这算是答应了我吧。

第二天我去上班，公司安排我出去办事。办完事才下午三点，我不想回公司，就给余蓝打了电话。她说她在新房子，正在安装家具，我便开车去找她。余蓝说，带点烟和酒上来。

那是我和余蓝第一次见面那晚我睡过的那个房子，装修好后空置了半年，余蓝终于打算添置家具搬过来住。我到的时候其他房间的家具已经安装好了，工人正在客厅安装餐桌和鞋柜。我散了烟给师傅，和余蓝躺到床上，打开啤酒，点上烟。

"打算一个人搬过来住吗？"我问余蓝。

"其实早想搬出来了，之前一直过不去心里那道坎，总觉得这是我用两年多的青春和爱情换来的，"说完，余蓝喝了一口酒，仰起头，学着吐烟圈，"我曾经怀疑过他为什么一开始就偷偷给我买了这个房子，他是不是早就想到有一天我们会分手。可是分手是我提的，他也没有变过心。"

“或许在他心里，你为他付出，他心里有歉意吧，”我拉过余蓝的手，“我想起一件事，我认识个朋友，听她说她的男闺密，是个金融行业的青年才俊，人很正直，对每任女朋友都很好。每次分手的时候，他都感到亏欠，对方为他付出了许多，却没有得到一个圆满的结局，所以每次分手他都送辆车给对方。第一个送了辆A4，第二个送了辆Q5，第三个送了辆GT。别人可能会觉得他傻，但是我想他只有这样做才会觉得心安理得吧。”

我把余蓝揽进怀里：“他一样，你也一样，每个人都在寻求自己的心安理得。”

余蓝点点头，下床去反锁了门，又拉上窗帘，扑到床上来，凑到我眼前，看着我坏笑。我身体往后退了退，装作受到了惊吓：“你要干吗？”

“睡你！”

六

余蓝找了份房地产公司的销售工作，上班之后晚上很少再去酒吧，我有时候下班之后会去她那里。我陪她买菜做饭，她自小跟着奶奶，很早就学会了做各种家务，饭菜也做得很好。她很喜欢我和她一起研究菜谱，一起做饭，她主厨我帮忙，每次做完一桌菜她都像完成了一件艺术品一样，由衷地开心。她更喜欢的是看着我把一桌菜都吃得干干净净，我问她，不怕我胖吗，她说，男人胖点更可爱。后来我果然胖了，一胖就再也回不去了。

有次周五我要赶一个方案，在公司熬了一个通宵。周六一早回家之后倒头就睡，醒来已经是下午五点。我记起余蓝说过想去吃一家新开的泰国菜。便给余蓝打电话，“你干吗呢？晚上我们去吃泰国菜吧。”

“我不在成都，和朋友出来玩了，明天回来。”余蓝说。

“怎么没告诉我？”我有些不高兴。

“你昨晚不是忙吗？我们也是临时说起的。”

我在电话这头没说话，以前那种一个人的感觉又回来了，可是这不能怪她。“你生气了？”余蓝小心翼翼地问我，“那我现在回来吧，还来得及。”

听到余蓝这么说反倒显得我小心眼了：“算了，什么时候都可以去吃。你别跑了，我开车去找你吧。”

我带了车钥匙和钱包就开车出发，开到半路突然开始下暴雨，快两个小时才到。天已经完全暗下来了，余蓝打着小小的太阳伞，除了头发浑身都湿透了。车上没有毛巾，我让她把衣服都脱下来，用纸巾把她的身体擦干。余蓝眼神迷离地看着我：“这辈子只有奶奶给我洗澡时帮我擦过身体。”

“想奶奶了？”我摸了摸她的头。

“嗯。”没等她说完我就把她紧紧抱在怀里，心里有一种莫名的心疼。

雨停之后我们开车去找了个饭馆吃饭。吃完饭我们去酒店，我光着膀子，余蓝光着大腿，我们都捂着脸，趁没人注意一路小跑从酒店大门跑进电梯。进房间之后，余蓝的两个女朋友正躺在床上玩手机。看到我们惊讶不已："你们干了什么？一个不穿上衣，一个不穿裤子。"余蓝解释说："被雨淋湿了。"

两人一起取笑余蓝，余蓝也不再解释，带我去隔壁房间，洗澡换衣服。

没别的事做，换好衣服她们说一起打麻将，那是间带麻将机的房间。那天我手气很好，故意放了好多把还是赢了不少，三个女生都闹着说我手气太好不玩了。余蓝突然看着我坏笑："我们玩别的吧。"我不懂余蓝什么意思。结果余蓝想玩脱衣服的游戏，我感觉有些尴尬，以前虽然也玩过，但余蓝现在是我女朋友，这和往常就不一样了，感觉怪怪的。她的朋友却很兴奋，都表示赞成。我疑心她们是否早就商量好了，看上去像给我下了个套。不过不太好扫大家的兴，我只能硬着头皮陪她们玩儿。

人一旦运气好起来，玩什么都一样。没几把余蓝就脱掉了外衣，她的两个朋友也脱得只剩下内衣内裤，我只输了一次。谁要是再输一次就要跟大家赤裸相见了，我有些犹豫地看向余蓝，她没有一点异常。又玩了一局，余蓝的朋友输了，她大方地脱掉内衣，一对饱满的乳房跳了出来。我看了一眼赶紧把目光收回来，又偷偷看了一眼余蓝。玩到后面，余蓝和她的另一个朋友都脱光了，我还是只输了一次。余蓝把牌一摊："太晚了，不玩了，睡觉吧。"

说完她穿上衣服回隔壁房间，我悻悻地跟在后面。回到房间，余蓝衣服都没脱，躺到床上假装睡觉。我不懂余蓝在想什么，也不明白刚刚玩游戏的目的。我洗完澡上床挑逗她，余蓝突然睁开眼睛盯着我：“你刚刚看到她们脱光了有生理反应没？”

“没有啊。”我知道这种时候一定要说没有。

“真没有？你明明一直在看她们。”余蓝反问我。

“我眼睛没处放啊，大家坐在一起，除非我闭着眼睛，不想看也得看啊。”

“你可以一直看着我啊！”

我心里生出莫名的火气：“看了就看了吧，是你自己要玩儿的，玩儿了现在又闹，不知道你到底想干什么。”听我说完，余蓝委屈地转过身去，看上去也生气了。说完我也有点后悔，女人多哄哄就好了，不能轻易发火。但是我不知道余蓝到底在想什么，心里很烦躁，我也侧过身，各自生气。

七

和余蓝认识的那一段，我不是很忙，可我们在一起不久我又开始出差，加班，每天除了工作就是睡觉。余蓝开始变得神经兮兮，她每天等我下班去她那里后她才睡，不管是夜里 12 点还是凌晨 2 点，她都坚持等我。

每次回家看到余蓝躺在沙发上等我，看见我高兴地跑上来搂我抱我，给我拿拖鞋，放洗澡水，我心里很感动，又很心疼。

自从上次我们因为玩游戏冷战之后，余蓝就一直不太开心。我忙了一阵，有一天凌晨 2 点拖着疲惫的身体回家。余蓝脸色憔悴，茶几上摆着一堆空酒瓶，烟灰缸也满了。她躺在沙发上，眼睛盯着天花板，没像往常一样迎接我。我猜想她大概遇到了什么不开心的事，关切地问她，她没有回应。我蹲在沙发边，伸手抚摸她的手，她眼神空洞，转头看向我："爱情重要还是工作重要？"

我知道余蓝想要的是两个人简单的陪伴、关心和发自内心的爱。我也一样，经历了上一段感情，我亲身感受到没有爱情的生活一片灰暗。爱情很重要，我从来都认为爱情是生活的必需品，但是没有面包的爱情终将昙花一现。

余蓝看着我，希望我亲口告诉她爱情重要，她最重要。

我却说"都重要"。

"你是不是不爱我？整天只知道工作，到底是爱情重要还是工作重要，赚钱重要还是我重要？"余蓝失落地问我。

"当然是爱情重要，当然是你重要。可没有工作何谈生活，没有钱我们怎么生活？"

"可我没有感受到你真的在乎我。"

"我在乎你，可你每天等我到这么晚，给我很大的压力。"

"我需要你爱我。"余蓝突然哭了起来。我把她抱进怀里，不知道该再说些什么。我安抚了她很久，她才带着泪痕睡去。

自那天起，我们常常发生争吵，争吵完又持续冷战。直到有一个人主动示好，用一场激烈的性爱来互相安抚。但过不了几天又会争吵，冷战。循环反复，似乎没有终点。

或许我们都曾经因为生活被爱情冷落，急切地想要爱情，太急切就忘了对方。我们互生嫌隙，陷入爱不爱的质疑和谁更爱谁的争论里，没完没了。

余蓝太理想了，她没有体会过没有钱的生活，她不懂我每天吃馒头的日子是怎么熬过来的，她不知道我是如何从面试者里脱颖而出获得这份看上去光鲜亮丽的工作和高于同龄人的收入的，她不能体会我用无数个日夜、无数的汗水和委屈，甚至快要失掉自我才换来的今天。

八

余蓝向她妈妈提到了我，提起了我的工作和生活。余蓝告诉我，她妈妈不喜欢我。我问为什么。余蓝说："我妈说你事业心太强了，男人还是得顾家，我从小缺少家庭温暖，我需要稳定的婚姻。"

"那你怎么想呢？"

"我也感觉掌控不了你，你让我没有安全感。你知道我想要什么，你能给我我想要的生活吗？"

"我……我不知道。"

"所以，我们可能更适合做情人吧。"

自从知道我的存在，余蓝的妈妈就开始给她安排相亲。听余蓝讲她妈妈的故事，我想她应该是一个相信爱情的人，同时她又非常现实，她明白婚姻对一个女人有多重要。令我感到意外的是，余蓝竟然真的去相亲了。她总是在我们做完爱之后抽着烟讲述那些和她相亲的男人。他们长什么样，年龄多大，做什么工作，和她说了什么话。只是她从来不说她自己的感受，我问她也不说。

直到那个叫大伟的人出现，他们很快就确立了恋爱关系，在我还以余蓝男朋友身份和她在一起的时候。我感到很突然，有一种被戴绿帽的感觉，又有一种莫名的刺激，还有难言的失落。之前我一直以为余蓝相亲是闹着玩儿的，她不会真的和我分开，转投他人怀抱。我们的问题在于对爱的需求太强烈，爱得太用力，反而让对方感觉不到爱了。

两个人在一起，有话可说，有事可做，就实属不易。若是互相欣赏，彼此在意，就可以长久相伴了。这是我对待爱情的态度。余蓝的爱情观和我不一样，她更实在，想要的也更多。

余蓝有了新的男朋友之后，我变成了名义上的第三者。我把我的情绪全部写在脸上，余蓝假装没看见，像往常一样和我吃饭、做爱。她不问我也不说，就这样耗着，毫无意义地消耗彼此对爱情仅存的热情。

女人心海底针，很多时候，男人都是不懂女人的。我也不懂，不知道余蓝在想什么。她的新男友是国企员工，工作稳定，收入稳定，听他说只谈过一次恋爱。余蓝觉得他老实可靠，他们在一起之前他每天除了上班就是玩游戏。他对余蓝很好，不问余蓝的过去，全心全意关心呵护她。余蓝喜欢这样安稳的情感和生活。除了爱情，一切都看上去很好。

没多久余蓝就搬去和新男友住在一起，我们从恋人变成了情人。她的房子成了我们约会偷情的地方。我开始陷入疑惑，到底余蓝是我的情人，还是我是余蓝的情人。直到余蓝发现我和陌生女孩聊天，和我起了争执，我才搞明白这个问题。

这一次，我毫不让步，我要求和余蓝了断这种畸形的关系。余蓝听到我想离开她，立刻软了下来，她抓着我的手不让我走："我错了，我不该和你闹。别离开我好不好？"

"你有你的生活，我也有我的生活，我们不可能永远这样子。"

"我希望你在我身边，就算我结婚了，我也不想失去你。"

"我以什么身份？情人吗？"我质问余蓝。

"我就是不想你从我的生活里消失。"

"那对你没有任何好处，你结婚我一定会离开的，我希望你真正过你自己的生活。"

"我不知道我能不能过得好。"

"可是你既然选择了他，就该抱着希望。每个人都要做出选择，选择了一样必然会失去另一样，你难道不明白吗？"

余蓝不再说话，松开了我的手，我心有不忍，但还是转身打开门，头也不回地离开了。

九

我们最后一次见面是在她未婚夫出差回来的日子。按照我和余蓝的约定，从那天起，我们互相删掉所有的联系方式，再也不联系。我打开手机，把余蓝的电话、微信、QQ 都一一删掉。删完之后，我默默背了一遍余蓝的手机号码，算是向她告别。

在停车场分开后，我把背包扔到副驾座位上，忽然想起余蓝放进后备箱的袋子。见面的时候，她从她车上拿出一个手提袋放在我的后备箱里，说是送我的东西，让我第二天再看。我没多想，认识快一年，她可能想送我一件礼物留作纪念吧。我打开手提袋，却看到里面全是我之前送她的礼物：钱包、睡衣、项链、香水，还有一本相册、三本书、一个拍立得。

我没想到余蓝会把这些礼物还给我。当初她说过，她喜欢浪漫，喜欢惊喜，喜欢男人宠着她。所以我们在一起的 10 个月 23 天里，所有的节日，还有她的生日我都送她礼物。我还带她去海边旅行，我们一起等过日出，看过夕阳。我为她写过歌，请唱歌的朋友在她生日那天在酒吧为她献唱。每个节日我都送花和礼物给她，开一间酒店套房，亲自用玫瑰和香薰布置得温馨浪漫。有很多次我想向余蓝求婚，我想她也许会答应。可是我没有，所以我们还是走到了分开这一步。

有时候我会想，两个刚刚失恋的人是不是不应该谈恋爱，我们到底是输给了爱情还是败给了自己。许多人分开不是因为不相爱，也不是为生活所困，恰恰是爱得太用力，反而失去了平常心。

和余蓝分开之后，我们就再也不曾见过面，我还是会时常想起她。想起她的孤独，也让我备感孤独。

第四者

我在地下停车场已经转了 15 分钟。

小区的车位从未如此紧张。我只能将车停在过道，等着有车离开。等了 20 分钟，确切地说是 19 分钟，有个长腿的姑娘出现在后视镜。她钻进一辆红色的奥迪 A3，可是过了整整八分钟，车辆依然没有动静。

此时是下午两点，我刚刚从 300 公里外独自开车回来，而头一晚我只睡了三个小时。我非常疲倦，心里莫名地烦躁。

我打开车门，向奥迪走去，停在了距离奥迪车 10 米的地方。

因为我看到那辆车里根本就没有人。

我今年 30 岁，有一个交往七年的女朋友和一份轻松自在的工作。这就是我目前拥有的全部。

我回到家的时候是下午 2 点 20。

在微信上和一个女人说完地下停车场见鬼的经历，我删掉聊天记录，脱光衣服钻进浴室。

洗澡的时候我听到似乎有关门的声音，非常微弱。按理说这个时候女友不会回来，我便没有在意。

洗完澡，裹着浴巾从浴室出来。我发现女友躺在沙发上，她脸色苍白，闭着眼睛，好像睡着了。我一边擦拭身体一边问她：“怎么这个时候回来了？”

她没有任何反应。

我心里一紧张，难道她发现了什么？

又一想，或许是生病了不舒服呢？

我突然感到一阵烦躁。再看看女友，她没有任何表情，双目无光，像一具尸体。

我感到一阵困意，闭上眼睛，想要好好睡上一觉。我真的很快就睡着了。

等我醒来，发现女友已经不在身边。

餐桌上饭菜已经摆好，女友穿着我的白衬衣，背对我坐在餐桌旁。看着她白皙的长腿和略显消瘦的背影，我突然想起那个女人，我第一次发现她们的背影居然如此相似。

我情不自禁想起她，那个可爱性感又任性的女人。

她不是一个漂亮的女人，长相甚至非常普通，可是她属于那种天生会让男人有欲望的女人，充满了性魅力。我们认识了很久，我一直觉得她是一个可爱的姑娘，对她颇有好感，但是我们不曾见过面，只是偶尔在微信上聊天。

这个世界上有很多奇妙的事情，比如你会因为一个人的一个表情爱上她，再比如你会因为一句玩笑话真的开始一段爱情。我们之间就是因为她不甚圆润却富有曲线的臀部，勾起了我体内最原始的欲望。

我开始想要更深入地了解她。

我说，我给你讲个故事吧。然后我就讲了关于我初恋的故事，或许是她也有过类似的经历，她很感慨，也向我敞开了心扉，讲起她的经历。

我喜欢有故事的女人和有未来的男人。因为她的故事，我开始喜欢上她。

我沉浸在她最好的青春、最浪漫的爱情里，幻想自己参与了她那些单纯美好的时光。他为她挥舞着拳头的时候我就站在她面前，紧紧抱着她，让她不那么害怕；她半夜跑出家门穿行在漆黑无人的小路上去寻找他的时候，我拉着她的手陪伴左右。

我开始变得喜怒无常。我在她的世界里如影随形，珍爱她保护她的男生黯然地转身离开，欺骗她伤害她的渣男被我一拳打翻在地上，我听到他们大声地争吵，我看见她在他身下哭红了双眼。

我感到恐慌，除了我的身体，其他已不再属于我，它们都随她而去。

我开始想念她。每一天，在车上，在床上，在办公室，在厕所里。

我翻遍了她的朋友圈，她的微博，她所有可以寻觅到的痕迹。

她流淌在我的思念里，让我分不清现实。

终于，我提出见面。

她没有拒绝，给我发来一个位置。

那是一家需要预约的茶社。门面很小，进去才发现别有洞天，里面有很多单独的小隔间。我一一寻去，看到一个背对我坐着的姑娘，后颈上文着一行小字。我在她发给我的照片里见过，我知道那就是她了。

我坐下来，她对我微微一笑，带着些腼腆。

我问她："怎么第一次见面就给我一个背影？不怕我认不出来？"

她淡淡地笑了笑："我相信你是一个细腻的人。"说着，给我倒了一杯茶。

"不，"我接过茶杯，顺势轻轻拉着她的手，"我不是一个细腻的人，我只是对我感兴趣的人和事用心罢了。"

那天她穿着一条棉麻的长裙，扎着一个长长的马尾。化了点淡妆，皮肤很白但是并不大光滑，眼睛不大，嘴唇倒是很性感。比起照片差了不少，的确算不上漂亮。

可是她爱笑，笑容俏皮又可爱。她的声音温婉，轻浅的唇齿音，性感的声线很容易便唤起了我想要靠近她的欲望。

我控制着话题，故意撩拨她，她没有反感，却也巧妙地避开。

坐了两个小时，她说想出去走走。我看看手机，已经晚上10点，心想：这个时候去哪里好呢？她没给我思考的时间，拉着我的手就往外走。走到门口，她掏出车钥匙，问我开还是她开。

我问她："去哪？"

她把嘴凑近我耳边说："强奸你。"说着顺手拍了拍我的屁股。

我搂过她的肩膀，看着她的眼睛说："请粗暴地对待我！"

说完我们俩都哈哈大笑起来。

她一路指挥我把车开到了东湖公园。

她拉着我的手，认真地告诉我："陪我散会儿步吧。"

然后，我们就真的散了一个小时步。

散完步之后，她问我："你怎么回去？"

我本来想说"我跟你回去吧"，可是说出口的却是"我打车吧"。

她把我送到大路边上，我坐在副驾不肯下车，她说："来日方长啊，快回去吧。"

我说："那亲我一个。"

她摇摇头。

我捧过她的脸，注视着她的眼睛，轻轻地吻了一下她的唇。

然后开门下车，目视她开车远去。

我喜欢夏天，满眼都是绿色，身体暴露在空气里，肌肤变得兴奋。

喜欢上一个人，往往就会让人变得不理智。

我发现我闭着眼睛，脑子里出现的全是她对我微笑的样子；女友在厨房忙碌的时候，我却窝在沙发里和她在微信上打情骂俏；我和女友逛宜家，看到好看的沙发想起她说过她想要一个大红色的沙发，就把自己陷在里面躺上一天。

我知道，我的心已经被她偷走了。

我还意识到，当她说她从来不愿成为第三者的时候，我心里已经开始动荡不安。

我成了第四者。

爱着我女友的我、不愿成为第三者的她，以及正在背叛我和女友的感情的我。

她说周末有一天的时间不知道做什么。我为了腾出一整天的时间和她在一起，熬夜到早上五点处理好工作。

她有睡懒觉的习惯，我补了个觉，然后起床去买了一堆她喜欢吃的东西，预订了中午和晚上吃饭的餐厅，买好下午的电影票，出门的时候还带了一瓶珍藏多年的红酒。

我开车到她住的小区接她，前往餐厅吃饭。

她那天穿着破烂的牛仔裤和贴身的CK T恤，脚下一双小白鞋。上车的时候她从包里掏出一包香烟，说:“我在欧洲买的，带给朋友的，还剩了一包，给你抽。”

我接过烟正想拆开，她拦下我的手，任性地说，和我在一起不许抽烟，要不然不给你亲。

我只能苦笑，好吧。

晚上我洗澡的时候，想起好像忘了删掉我们的聊天记录，有时候女友会拿我的手机玩游戏。

我匆匆洗完澡，回到卧室。女友穿着蕾丝内裤，赤裸着上身，正趴在床上刷微博。我的手机躺在床头，保持着之前的姿势，似乎并没有被动过。我缓了一口气。

我躺上床，拿起手机，把她发给我的照片保存在手机相册里，快速地删掉我们的聊天记录，再把照片导入到加密的照片APP里，删除相册里的照片，清空垃圾箱。

刚做完这一切，女友翻过身来，靠在我肩上，给我看微博里有趣的段子。

我有些心不在焉。

她的一眸一笑都在脑子里循环，她柔软的身体和忘情的亲吻让我十分想念。

表面上我和女友感情似乎还不错，在很多人的眼里，我们甚至算得上模范恋人。可是我们彼此清楚，我们看似完美的感情一直有一条裂缝。这条裂缝在我们内心深处，在看不见摸不到的地方，却不时牵引着我们的神经，让人疼痛。

三年前发生的事，至今让我耿耿于怀。

因为工作地点变动，女友突然提出想分开住。我是一个喜欢自由的人，对于分开住并无异议。只是觉得有些突兀，一向黏我的她怎么会想自己一个人住。况且新的工作地点离我们住的地方也只需要一个小时的路程。

我一向尊重女友的想法，所以还是帮她在城南找了一个独立的公寓，租金很高，但是她很喜欢。搬出去之前，她突然异常地亢奋。搬出去的前一晚，我们做完之后她突然趴在我的胸口哭了起来。哭了许久，她抬起头摸着我的脸，声音哽咽着说："想到以后你要和别的女人牵手，拥抱，做爱，我就觉得好难过。"

我非常诧异她为何这么说，心里带着疑惑，我想问，但是最终什么都没有说。

分开住之后我每周会有两天去她那边过夜，偶尔周末也会开车带她出去玩。但是她没有再回来过。因为工作性质的原因，她经常和同事一起去应酬，一周至少三天去酒吧、KTV。以前住一起的时候她回来得还比较早，自己住之后没了束缚就慢慢开始玩得疯了。后来的剧情就和滥俗电视剧里的一样，我发现她出轨的时候，她自己承认已经有一个月。对方是个小她 5 岁的男生，富二代，开跑车。他们在酒吧认识，对方一直追求她，她刚开始拒绝，但是女人的虚荣心作祟，最终还是以喝醉酒的名义和对方上了床。

我听她哭着说这些，心里充满了愤怒，又感到伤感和失落，我从来没有那么深刻地体验过被背叛的感觉，也第一次觉得她似乎没有我以为的那么爱我。

那天我一个人在酒吧喝到凌晨，回忆就像洪水猛兽，让我更加难受。

当年在学校，追她的人很多，受家庭影响，她一直坚持不恋爱。随着追求她的人一波又一波地散去，唯有我始终在离她不近不远的地方，以一个好朋友的身份关注着她的一切。

每次有优秀的男生出现，我总是非常紧张，我怕她早晚会被打动。可是让人安心的是，她从来都不曾为谁动容，像一只高傲的白天鹅无视着所有人。

只是令人沮丧的是，这所有人也包括我。

从大一到大二，整整两年，我以为我会一直卑微地偷偷爱着她。直到有一天，班上聚会，近乎醉酒的我竟然在 KTV 里当着所有人的面，对她唱了一首《月亮代表我的心》，当场向她下跪表白，而她没有答应也没有拒绝。

第二天在寝室里醒来，我断片了，脑子一片空白。面对一脸木然的我，室友们眉飞色舞地向我描述了我英勇的求爱事迹。我被自己的行为吓得惊惶失措，他们不知道我有多怕因此失去她，哪怕只是朋友的身份。

那天上课我一走进教室，大家就起哄鼓掌，我尴尬地躲避着这一切。我不敢像平时一样离她那么近，一个人坐在教室最后的角落里，远远地看着她的背影，心脏都快要停止跳动。终于上完最后一节课，我依然情绪低落，等所有人离开教室才缓缓起身走出去。刚走出教室门口，我就愣在了那里，站在离她一米远的地方，不敢动弹。

她看我一副惊惶失措的样子，忍不住“扑哧”一笑：“昨天不是挺大胆的吗，怎么今天就这副㞞样了？”

我不知道该怎么接话。

她朝我走上来，停在距离我 20 厘米的地方，平时看似高傲的白天鹅此时仰视着我。她轻轻地，缓慢地，又似乎带着挑逗地吐出三个字：“跟我走。”

然后转身走开。

我像个傻子一样，脑子还没反应过来，只是机械地迈出步子，跟在她身后。

后来她就成了我的女朋友。

就像陈奕迅的歌里唱的那样:“得不到的永远在骚动，被偏爱的都有恃无恐。”在两个人的关系里面，被爱的一方比另一方要幸福得多，主动去爱的一方往往容易疲惫，更容易在心理上失衡。一旦得到就忘了初心，一旦对方也爱上，就不再那么珍惜。

我很早就对此有所意识，也主动去调整自己。可是并没有用，我们依然陷入了这样的境地。

对我来说，我所遗憾的是我没有和一个主动爱我的人在一起。被人仰视，被人全身心去爱，被人主动地关心照顾，甚至是宠溺，这些对我而言都是缺失的。而她，恰恰相反。

这样的遗憾在每次争吵和失落之后逐渐放大。

我们两个人的关系变得岌岌可危。

女友出差去上海，我第二次和她见面。

没有任何计划和目的，她突然问我有没有时间陪她逛街，我就去了。

说是逛街，结果并不是我想象中的大包小包．她目的明确，拉着我去了太古里一家女装店，试了两条裙子，让我选一条。我觉得她穿上都挺好看，选不出来。她说:“只能买一条，最近钱不多。”我随口就说:“那我买来送你啊。”

她摇摇头:“我怎么能要你给我买呢！”

说着转身进了试衣间。

我问店员两条裙子多少钱，店员说：“一条 2499，一条 2699，今天店里做活动，会员可以 8.8 折。”

我有点尴尬，这也太贵了点，若是平时咬咬牙就买了，可那段时间我手头也很紧张。但是话已说出口，只能硬着头皮买了。

正给店员说两条都要的时候，她从试衣间出来，急忙给店员说：“只要一条。”然后把我晾在一边自己结账去了。

买完衣服出来，我跟在她后面，她突然回头，挽着我的手臂，兴致勃勃地说：“我记得你说喜欢吃面，我带你去一家很好吃的面馆。”

她一路指挥，我们开车到了一条巷子里，那是成都无数条小街小巷里的那种老面馆。破落的青瓦，泛黄的墙，老旧的桌椅，还有冷淡的老板。她点了四份不同的面，每个都是一两，然后要了四个空碗，每碗面都分三分之一给自己，剩下的推给我。

有那么一瞬间，我觉得她就像我多年的妻子。我突然感到心里有阵阵的酸楚。

我们开始频繁地见面。

我对她的想念也不可抑制地生长。

那天我们在车里接吻，我在她耳边轻声说：“我想要你。”

她没有说话，只是紧紧抱着我。

她瘦弱的身体非常柔软，我缓缓拉下她裙子的拉链，她白皙纤细的身体便像水一样融化在我的怀里，渗透进我的身体里。我脑子一片空白，心里却开始难过起来。

我总是做一个相似的梦，梦里的女人各有不同，却同样与我纠缠不清。我在梦里像一个游离于世界之外的人，我经历着所有发生的一切，却感知不到任何人的存在。我触不到她们。

就像我怀里抱着她，嘴唇亲吻着她，手拂过她的肌肤，感受着她的呼吸。可是我离她越近，就离她越远，我可以拥有她的身体，但是走不进她的心里。

这让我总是处在一种矛盾的痛苦之中。

这是一个正在发生的故事。

此时此刻，我正开车去见她。

最近一周以来，我们每晚聊到一两点，说了好几次晚安才真的结束聊天。我梦见她好几次，有好梦也有不好的梦。她昨晚说她也梦到了我，梦里我们不知身在何处，我拉着她的手，一直往前走。她想叫我，但是发不出声音，我也不曾回头。她觉得很害怕，不知道我将带她去往何处。

这个梦让我们都沉默了很久。

现在，车里放着许巍的《我们》。

我在去见她的路上。

我不知道下一刻会发生什么。

我也不知道未来在哪里。

我甚至不知道何时我们就会形同陌路。

只是这一刻，我迫不及待地想见到她。

在红绿灯停车的间隙，我匆忙打下这些字。

就像我此刻想见她的心。

这一切，都真实地存在着。

我是一个第四者。

第3辑

假如世上还有一个你

最怀念的是十七八岁，

满脑都是漂亮的姑娘，满心都是甜蜜的烦恼。

那是我们最好的年纪，也是青春最好的时光。

我知道终有一天，你会变老，而我也一样。

只是我多期盼，到那天，

我们身上，还发着年轻时候的光。

出轨的少年

少年时代的爱情，不仅刻骨铭心，甚至可以改变一个人的一生。

若是从前，我大概不会相信；而现在，我深信不疑。

一

列车驶出车站，短短几分钟就告别了城市的夜色，冲破黑暗，沿着铁路驶进一片夜色苍茫。一天之内，这趟列车从海拔 500 余米的成都平原，向北穿越秦岭，再向西穿过黄土高原，一路经过宝鸡、兰州、西宁，最后攀上 3000 多米的青藏高原，两天时间便到达拉萨。

那是 2006 年，冯然 18 岁，是第一批青藏铁路的列车员。

对还处在高三水深火热中的同龄人来说，一个 18 岁的少年，工作让人羡慕，收入让人嫉妒，更可恨的是，他还有一个漂亮的女朋友，甚至已经拥有固定而美好的性生活了。

那是冯然的黄金岁月。

二

冯然是我哥们。

女生若是喜欢上同一个男生，往往明里互称姐妹，背地里却争风吃醋；男生不一样，特别是在少年时代，哥们义气比什么都重。

我和冯然就是这样，我们喜欢同一个姑娘，但是很快我们都觉得自己瞎了眼。那是个不甚好看却骨子里风情万种的姑娘，情商远远高于同龄人，男人缘也特别好。她几乎建立了一个以她为中心的圈子，热情似火的少年们围绕在她身边，都以为自己才是她心里喜欢的那个人，却不知她喜欢的不是任何一个个体，而是被追求被环绕的虚荣感。我和冯然很快就明白过来，随即脱身而出。原本狭路相逢的两个人，未曾拔刀相向，就已臭味相投，结为战略同盟，从此一起喝酒，一起泡妞。

所以说，比起女人，男人之间更容易建立一段友谊。

三

冯然才几岁时爸妈就离婚了。由于一次意外事故，他爸爸断了一条腿，从此一蹶不振，吃喝玩乐，对家里全然不顾。爸妈离婚之后冯然跟着他爸生活，蜗居在老小区一套暗无天日的房子里。从此冯然无人管教，整天跟着学校里的混混惹事打架。听人说冯然内心极其阴暗，报复心强，下手也狠，连学校老师都怕他。冯然十二三岁就混出了名，在圈子里风光无限，身边聚集了一伙弟兄，当然，还有一群正处于思春期的烂漫少女。

我小学是在村里读的，初中才到城里的学校，这些都是陆陆续续从别人嘴里听到的。

我几乎没有问过冯然当年是否真的那么牛，只对一件事好奇：冯然眼角的伤疤是怎么来的。

混混冯然长了一张人畜无害的脸，其实他为人单纯，脾气也不坏，人缘还挺好。我和冯然闹过矛盾，还差点对他动手，但面对我，冯然就像变了一个人，变得隐忍克制。

初中那三年，学业对我和冯然来说都不算难事。课余我们喝酒吃肉，唱歌打牌泡妹子，日子过得优哉游哉。现在回想起来，那是我和冯然最自在的时光。

四

冯然对我有一种不同于他人的吸引力，在我眼里，他和别人不一样。

曾经我很好奇，和混混冯然做兄弟，会不会像大哥的女人一样有安全感。结果和冯然成为哥们之后，我发现一切都没有任何变化。上学路上依然有小混混拦我借钱，在学校还是有人和我抢喜欢的姑娘。我一度感到失望。

直到有一天，和冯然在街上晃荡，我们正在认真探讨班上哪个姑娘胸大的话题，突然一个身影从对面冲来，把我撞得人仰马翻。冯然手疾眼快抓住我的胳膊，等我站稳，快步追上去一脚把那人踹翻在地上。我这才发现那是个染着一头黄毛的小混混，看年龄和我们差不多，大概也是初一初二的学生。

黄毛破口大骂，爬起来想还手，冯然上去又是一脚。我呆在旁边，没有劝阻也没有帮忙，冯然为我打架让我突然有了一种安全感，更重要的是，我觉得那个时候的冯然，才是他本来的样子。

五

学校喜欢冯然的姑娘不少，他几乎不拒绝也不答应，和许多姑娘保持暧昧。我问冯然是不是没有喜欢的人，他从兜里掏出烟，叼在嘴上，我赶紧掏出打火机给他点上。冯然深深抽了一口烟，烟雾在我眼前弥漫开来。

“你懂个屁，老子又不瓜，难道为了一棵树放弃一片森林？”

我恍然大悟。

可是短短两年之后，冯然写信给我，只有一句话：原来真的可以为了一棵树放弃整片森林。

除了信纸，信封里还有一张大头贴：冯然搂着一个漂亮的姑娘，笑得满面桃花。

后来我问冯然，是怎么把到这么好的姑娘的。

冯然遮遮掩掩，欲言又止，看来其中一定有故事。我赶紧给冯然开了瓶啤酒，冯然一喝酒就话多。果不其然，一瓶酒下肚，他开始主动讲给我听。

那是一个漫长的故事，听得我快要睡去。冯然突然用力拍了拍我的肩膀，我看到他双眼通红，情绪激动。他压低声音，似乎怕被别人听见："她被人下了药，要不是我及时赶到当晚肯定被强暴了。我冲进KTV的时候她身上只剩下内衣内裤，我一个打三个，头上挨了两个酒瓶，满身都是血。妈的，老子打那么多架，哪次不是放人血，第一次为了个姑娘差点流血牺牲。"

听完冯然英雄救美的故事，我深受感动，又开了两瓶酒。我们举起酒瓶，冯然豪情万丈："姑娘让我们成为战士，爱情照耀我们去战斗，干杯！"

六

因为家庭的缘故，冯然比普通人更加敏感。

初中那几年冯然大大小小打过不少架，他习惯于独来独往，单枪匹马，不管对方多少人。而我也习惯了坐在一边抽烟，看冯然像个战士一样去战斗，只有场面快要失控的时候我才会适时制止，或者带人冲上去解救冯然。

我从来没想到，冯然会出事。

那天课间我趴在教室里睡觉，听到走廊上吵吵闹闹，刚准备起来出去看看，一抬头就看到班上的阿超冲进教室，朝着我大喊：“哥，快出来，冯然砍人了！”

我恍恍惚惚还没来得及思考，双腿已经下意识地飞奔出去。狭长的走廊里远远围着一群同学，我像一辆失控的汽车，穿过人群，来不及刹车，直冲到冯然面前。我从未见过那样的冯然，他似乎受到了极大的冒犯和侮辱，双眼充满了愤怒。

冯然似乎已经失去了意识，狂乱地挥舞着砍刀，鲜血四溅。没人敢上前，我们班有个女生吓哭在一边不敢动弹，脸上还带着血迹。我脑子一片空白，只是不断地喊着冯然的名字，一把抓住冯然的手，用尽了全部的力气紧紧抱住他。

从前我不怕血，直到那天我才发现，好多事情，不是我们心无忌惮，只是它们与你无关而已。

七

冯然砍人事件当年在学校闹得很大。一是事件性质严重，影响恶劣；二是现场血腥，对方伤势严重；三是事件的起因很小，仅因一句玩笑。大家都认为冯然心理扭曲，像一个破坏力极强的随时可能爆炸的炸弹。

冯然他妈四处奔波，找关系，花钱打点，又赔给伤者家一大笔钱，才免去了冯然的牢狱之灾。学校这边，也很快就给冯然办了退学。

这一切都发生得太突然，仅仅几天之内，冯然的人生就改变了方向。

冯然办退学手续那天，他妈带着他专门到教室来向班主任致谢。冯然站在一边，神色黯淡。他透过窗户，向教室里望了一眼，我迎上冯然的眼睛，无言对视。自从那天冯然被警察带走，几天来我们都没见过面，我很想出去和冯然说几句话，可是双腿发软，双脚不听使唤，站不起来。

想到几天之前，我和冯然还坐在学校升旗台下喝酒吹牛，想到冯然经常厚着脸皮跟我回家睡觉，想到冯然说等我们毕业一起坐火车去远行。原来青春那么脆弱，一不小心就摔成了碎片。

比起这些，我更自责那天没有和冯然一起，更后悔每次冯然打架从来不劝他。

我对冯然充满了负罪感。

八

我和冯然多年保持着通信的习惯。

冯然退学之后，很久没有消息，后来我收到了他的来信。

那是 2003 年，我初中毕业，升入学校的高中部，冯然也进入了成都一所职业中学。

冯然的信简洁明了，而我，写了长长的好几页回信。

关于那次砍人事件，我们都保持着默契没有再提及，我们通过写信的方式保持着联系。

冯然来信说，成都太大，他喝多了找不到回学校的路；冯然说，班上都是一堆傻缺，他找不到人喝酒吹牛；冯然说，老子想和你睡觉了；冯然说，他妈的，我爸死了。

后来，冯然被成都铁路局选中，成了一名列车员。

冯然在信里说，我终于自由了。

冯然还在信里说，我和她做爱了，我发现以前都是性交，和心爱的姑娘才是真正的做爱。

我问冯然，有什么区别吗?

冯然说，以前睡完一个姑娘，我常感到厌恶。她不一样，做爱之后我依然觉得她那么美，我依然想要把她紧紧搂在怀里，一切都变得明亮而生机勃发。

我又问冯然，会有厌恶的那一天吗？你还会和别的姑娘睡觉吗?

冯然说，从此以后，无心风月，我只想一辈子睡我的姑娘。

九

高中三年，冯然常常回来看我。我们还是和以往一样，半夜在空无一人的马路上晃荡，在街边的烧烤摊喝掉一件啤酒，喝完酒我们勾肩搭背穿过空荡的城市。

我不知道冯然是喜欢跟我睡还是想逃避那个家，几乎每次我们都默契地一起回家。冯然熟练地换拖鞋，找毛巾，洗澡。后来，我很怀念当年和冯然一起洗澡一起钻被窝的日子。也许只有在那个年代，那个年纪，我们才能如此坦荡地钻在一个被窝里，甚至一丝不挂，赤裸相对，不会感到尴尬。

十

冯然再次来信，信纸上还是只有一句话：我为了这棵树放弃了整片森林，现在这棵树也没有了，你说我还剩什么？

冯然失恋了。冯然口中那个漂亮、单纯、美好的姑娘，我始终未曾见过。冯然寄给我的唯一的那张大头贴也早已不见踪影。

我的信还在路上，冯然已经跑了回来。

在经常去的烧烤摊，平时我们叫一件啤酒，那天冯然叫了两件。我没有阻拦，我知道冯然想把自己灌醉。我也知道冯然强装镇定，只是把悲伤全部藏在心里。冯然没说，我也没问，我们只是一瓶一瓶地喝酒。喝到后面，冯然终于开口。

冯然问我："野子，你爱过一个人没有？"

我说："冯然，人一辈子不是只能爱一个人。"

冯然说："你不懂。你不知道真正爱上一个人，你爱她的一切，她的笑她的哭，都让你在乎，她的每一句话你都记得，你想要给她你所能够给予的全部，甚至是自己的生命。你黯淡的人生因为她变得明亮，你感觉自己像得到了重生。

"我爸摔断腿的时候，我不怕；我爸妈离婚的时候，我不伤心；我爸死了，我甚至没掉一滴眼泪。可是她走了，她离开我了，她说她不爱我了。我第一次真真切切地体会到什么是难受，我难受得像被人一刀捅进心脏，我的身体在颤抖，我呼吸困难，巨大的痛苦将我活生生吞噬。

“以前我不懂什么是泪流满面，那一刻，眼泪毫无征兆地涌出来，满面都是泪水，根本不受控制。

“野子，你知道吗？看着她转身离开的时候，我才体会到什么是孤独。

“我最爱的人，她将我一个人留在了原本属于我们两个人的世界里。

“从此我变得残缺不全。”

后来我和冯然都喝醉了。

我们倒在公园的长椅上，第一次真正地夜宿街头。

十一

冯然失恋之后整个人就颓了。以前出车他总是急着回来，自此以后，冯然就四处飘零。我收到他从各地寄来的信，他跑遍了大半个中国。我想，也许冯然会好起来的吧。

后来我才知道，他去的地方都是她曾经在地图上圈出来想去的城市。

没过多久，冯然在列车上割腕自杀，幸亏抢救及时，活了过来。我狠狠地给了他一巴掌，那是我第一次对冯然动手。冯然蜷缩在地上，哭得声音沙哑。他说："他妈的她出国了，和她的未婚夫一起移民了。我是真的彻底失去她了啊。"

我将冯然紧紧抱在怀里，终于明白一个人断了念想是多么残忍的事情。

2008 年，我和冯然共同的朋友去了天津，他几次打电话让冯然过去和他一起干事业。冯然辞掉工作，去了天津之后就和我失去了联络。当时我怎么也没想到，冯然被朋友骗进了传销组织，骗光了所有的积蓄。

再次见到冯然，爱人的背叛、朋友的欺骗，让冯然彻彻底底变了一个人。

他不再找工作，整日躲在家里，不和任何人联系，连我都不见。

这一躲，就是好几年。

冯然就像一列加满了燃料的火车，正在人生的路上尽情奔跑，却突然脱了轨，再也回不到轨道上来。

十二

冯然他爸死得很突然。关于他的家庭，冯然一向很少提及。

有一次特别巧合，放暑假回家，我在火车上碰到冯然妈妈。在此之前，我们仅仅见过一面，虽然过了好几年，但我还是一眼就认出她来。

我一报名字，冯然妈妈就和我交谈起来。我才知道，冯然经常向她提起我。

冯然妈妈年仅 40 多，看上去却有着和年龄不相称的苍老。离婚之后她嫁给一个跑长途客车的司机，又生了两个孩子，自然没有太多精力和时间照顾冯然，心里一直对他感到亏欠。冯然失业之后，她就承担起照顾冯然的责任，冯然的一切开销都来源于她当月嫂的收入。

我问冯然妈妈："冯然继续这样下去就废了，您想过他以后怎么办吗？"

说到这个，她瞬间红了眼眶，我不知道该说什么安慰她。她掏出纸巾拭去眼泪："你不知道我劝了多少次，安排相亲他不见；安排了好几份工作，去了一两个，不到几天就不干了。我想说以后我老了就养不了你了，可是话到嘴边，却怎么也说不出口。"

从冯然妈妈口中，我还得知，冯然眼角的伤疤，不是别人，正是她弄伤的。

她说，那是她和冯然他爸最后一次打架，误伤了冯然，险些让冯然失去一只眼睛。那之后她再也不和冯然他爸打架了，也终于决定离开那个家。

十三

这两年，我见过冯然几次，我们一起走曾经走过的路，喝过去喝过的酒，唱我们都喜欢的歌。有时候恍惚觉得还是和当初一样，只是偶然抬头，目光相触，冯然眼里黯淡无光，我不得不接受，他已经不再是我记忆里的那个少年。

去年我结婚，冯然没来，却托朋友带来一个红包。

那是我婚礼上收到的数额最少的红包，却让我感动不已。我知道冯然的生活有多拮据。整整七年，他没有工作，没有收入，像一个囚犯，把自己关在那个整日昏暗的房子里。

翻到红包背面，我终于忍不住当场落泪。

我看到两行再熟悉不过的字迹：

也许这辈子我都娶不到我爱的新娘，

可是你，一定要做世界上最幸福的新郎。

——冯然

一场令人羞耻的爱恋

在我只有13岁的时候，那年夏天，我初次见到了她。那一天，我成为了一名中学生。

走进教室的时候我就注意到了她，她长得很瘦小，穿着贴身的牛仔裤和白色T恤，趴在讲台边上和讲台上一个戴眼镜的中年妇女说话，中年妇女看起来应该是我的班主任。

我找到贴着我名字的课桌坐下，坐在左边的女同学和我打招呼，寒暄了两句我重新把注意力转向她。她长得并不漂亮，瓜子脸，嘴角有颗痣，看上去素净，还带着一种忧伤的气质。我当时正步入青春期，满脑子都是漂亮女生，可是那一天，却完全被她吸引了。我对她的身份也感到好奇，她看上去十六七岁，不像是班上的同学，更不像一位老师。

后来班主任介绍的时候，不只是我，全班都发出惊叹，她竟然是我们的语文老师。

那是2000年，我13岁，我的语文老师19岁。

那一年，著名的意大利女星莫妮卡·贝鲁奇主演了一部经典电影《西西里的美丽传说》，男主角雷纳多也是个13岁的少年。雷纳多迷上了性感风情的少妇玛琳娜，而我也喜欢上了我那带着文艺气息的语文老师。

我身体晚熟，但思想早熟。在此之前，我喜欢过幼儿园的小女孩、小学五年级的女同学、小学时期关系最好的朋友，我还喜欢过邻家姐姐。但是这一次，和以往都不一样。

语文老师姓汪，出自书香门第，父母也是教师。从小读国学，10岁读完“四书五经”，小学、初中不断地跳级，16岁就上了大学。汪老师长得瘦小，说话特别温柔，浑身散发着民国时期女学生的气质，走在校园里，常常引人侧目。

那一年的9月，天还很热，汪老师常常穿天蓝的牛仔裤和浅色的T恤，扎一束马尾。她爱笑，笑起来让人如沐春风。班上并非没有漂亮的女生，可是在汪老师面前她们都黯然失色。我在语文课上正大光明地欣赏她，课间10分钟找各种理由去她办公室看她，放学的时候在人群中偷偷尾随她。我小心地做着这一切，怕别人发现，更怕她发现。

因为喜欢汪老师，我也喜欢上了语文课。为了吸引她的注意，我特别努力学语文，我想她会因此喜欢我。我还把我攒下来的零花钱全部拿出来买书看，她看什么书我就看什么书。这样一来，我们又多了一个学习之外的交流领域。说起来，我那时候情商比现在高多了，我知道如何让不起眼的自己从男生堆里脱颖而出，知道男生哪些方面更容易赢得女生的青睐。

我在汪老师办公桌上看到的第一本书是《红楼梦》。那个年纪读《红楼梦》对我来说还有些困难，但这并不影响我对《红楼梦》的痴迷。只因我发现林黛玉与汪老师有许多的相似之处，从此林黛玉就在我脑子里挥之不去。看《红楼梦》入迷之后我开始做梦，梦里一会儿是林黛玉，一会儿是汪老师，有时候两个人变成了一个人。

那天上学，看见汪老师，我有些不好意思。偏偏汪老师叫住我，我就像干了坏事一样，心里忐忑不安。汪老师问我："你怎么到了这个班？我看到七班有个人与你同名。我查了你的成绩，是不是分错班了？"原来是问这个，我暗自缓了一口气："开校的时候他先去了七班报到，不过没关系，我喜欢我们班。"说完我又补充道："也喜欢我们班的老师。"

我一直不喜欢我的名字，太普通，重名的人也多。所以本该去好班的我阴错阳差来到全校最差的班。不过，若不是来到这个班，我怎么能遇到汪老师？所以我闭口不提此事，塞翁失马，焉知非福呢？

汪老师知道这件事之后对我多了许多关注。读了几本书之后，我也借着请教的名义常去找汪老师探讨。对很多书我的理解还很浅显，汪老师能说出很多有深度的见解，说起这些，她总是很投入。有时候，在我眼里汪老师就像是书中的人物，和现实格格不入。

学生时代，和喜欢的人的作业本放在一起，都觉得幸福。能和汪老师读同一本书，一起探讨交流，让我有了一种特殊的优越感和满满的幸福感。这种感觉让我忘了我们的身份，我开始在作文里流露出我对她的喜欢，也许我的眼神、我的行为、我不经意的话都出卖了我对汪老师不同寻常的情愫。汪老师大概有所察觉，她开始有意避着我。我向来敏感，突然之间的冷漠让我很快就意识到，汪老师也和其他人一样，活在现实的桎梏里。我突然之间萌生出一种羞耻感，这种羞耻感不是因为我喜欢上我的老师。处于青春期的男生女生，喜欢老师再正常不过。只是他们不像我，我可能抱有太多不切实际的幻想了。

这些是我在 2007 年夏天上大学时被学院领导叫去谈话的那天晚上回忆起来的。当时我躺在寝室的床上，饿着肚子，憋着气，不和任何人说话，满脑子都在想汪老师。

那一天班长跑到寝室通知我学院，纪委王书记找我去谈话。我穿上衣服下楼，穿过男女寝室之间的篮球场，阳光很刺眼，我暴躁不安。我知道早晚有这天，只是没想到来得这么快。

王书记是个很平和的老头，身材瘦削，头发半黑半白，看上去像过去抽鸦片烟的瘾君子。此时我们隔着一张实木办公桌，王书记收起面前的文件资料，调整了一下坐姿："知道为什么找你来吗？"

"不知道。"

"最近我听到学院关于你和某位老师的流言蜚语，说你们走得很近，超出了一般师生的关系。老师喜欢学生、学生喜欢老师是师生之间的正常感情。"领导保持着平和的语气，说完停顿了几秒钟，似乎在构思下一句话应该怎么说才得体："可是作为学生，应该尊重师长，这位老师是刚刚毕业的研究生，与你年纪相差不大，你们是师生，也是朋友，但前提是师生。"

"您相信吗？"我忍不住打断他。

"我相信这不是空穴来风。当然流言往往都有夸大的嫌疑，不管怎么样，我希望……"

我再一次打断他："我明白您的意思，您放心，我们只是师生关系，现在是，以后也是。"

结束和王书记的谈话，我突然觉得松了一口气。走到门口，他叫住我，走到我身边，用极其轻微的声音在我耳边说："刘老师是我的侄女。"那声音似有似无，我却听得非常真切。

回到寝室，室友围上来问："王书记找你什么事？"

我点上一支烟，往床上一躺："我该找个女朋友了。"说完我就闭嘴不再说话。我心里的确是这样想的，我该找个女朋友了，结束这种暧昧不清又极其令人厌烦的状态。至于刘姗姗，原本我想找她好好谈一谈，现在看来，并没有谈的必要了。

第一次见到刘姗姗是在大学开学的首次班会上。她是我们的辅导员，一个刚从师范院校毕业的女研究生，人长得年轻，也算得上好看。当天选班委，我自告奋勇竞选班长，结果落选。当班长是我的梦想，从小学到高中，无数次竞选班长失败让我一度怀疑自己天生缺乏领导天赋。

心情不好，当晚我搬了一箱啤酒回寝室请室友喝，喝高兴了就忘了第二天辅导员要来查寝。

第二天一早，我迷迷糊糊地感觉有一只手伸进我被窝，从小腿摸到我的大腿。我睁开眼，骂了句："狗日的，不要摸，老子没穿内裤。"室友一阵哄笑，我才发现刘姗姗站在一边，气红了脸。刘姗姗对我丢下一句"大学不是让你来睡觉的"，摔门而去。

刚上大学就惹辅导员生气，让我很郁闷。从小到大，小学、初中、高中，每个班主任都喜欢我。出于不甘心，也为了在室友面前挽回面子，我决定要取得刘姗姗的好感。我开始在刘姗姗面前装乖学生，经常往她办公室跑，学院有事我也自告奋勇忙前忙后。没出一个月，刘姗姗就转变了对我的态度，我的目的差不多达到了。如果当时到此为止恐怕就没有后面的事情了。刘姗姗人不错，长得不差，为人也很真诚、善良，不知不觉我已经把她当成了朋友，超出了普通师生的界限。

我们有不少相同的兴趣爱好，交流起来总是很愉快。我们常常一起吃饭，上课的时候她也会发短信约我下课之后一起吃饭。吃完饭我们也常在学校里散步，一路聊些志趣相投的话题。周末她去超市采购，也常叫我陪她一起。后来，我为刘姗姗庆祝过一次生日，刘姗姗很开心，我们喝了不少酒，然后在学校的湖边一起吹蜡烛。烛光映在她脸上，那一刻我发现她特别美，我竟然有想要靠上去吻她的冲动。那晚刘姗姗拉着我的手跑到教学楼顶，我们在一起跳舞，对着夜色里的校园呐喊。那时候我还没认真谈过一次恋爱，心里自然是渴望爱情的，我喜欢两个人在一起轻松自在甚至放浪形骸的感觉。

秋天，学校的梧桐叶落了一地，刘姗姗打电话叫我去看梧桐。我们隔着一米的距离，一左一右，踩出“沙沙”的声音。刘姗姗突然呆在原地，神色紧张。我不知道她为何突然这样，顺着她的眼神我看到不远处一个高大的男人向我们走来。我隐约觉得她认识这个男人，而且他们之间一定有什么不寻常的关系。

男人一步步靠近我们，刘姗姗站在原地没有动，只是她眼光躲闪，一副想看却不敢看的样子。我只能站在她一边，等待着男人远去。

男人走远之后，刘姗姗对我说：“你帮我跟着他，看他去哪里。”

我问：“他是谁？”

“我不认识，你快去吧，跟着他。我在这里等你。”

我一路尾随，男人去小卖部买了一包烟，再折回来去了校办公楼。我跑回去找刘姗姗，看到她在原地踱步。她已经不像刚才那样紧张，但还是焦急地问我：“他去了哪里？”

我如实回答。

那晚刘姗姗拉着我去买了几瓶啤酒，我们在学校的湖边喝酒。

刘姗姗说：“我读研究生的时候有个男朋友，很相爱，谈了三年，毕业的时候我们分手了，他去了广州。今天那个男生和他太像了，身高、相貌，连走路都像，刚开始我几乎以为就是他。”

后来刘姗姗四处打听，还真让她找到了那个男生，可是他已经有女朋友了。以前刘珊珊带着点文艺的气质，但那次我第一次感受到刘姗姗浑身散发着忧郁悲伤的气息，这又勾起我对汪老师的想念。

刘珊珊消沉了一段时间才慢慢恢复过来。

到了冬天，刘姗姗总是感冒。她躺在床上打电话给我，我便去菜市场买菜到教师宿舍给她熬粥。病得厉害的时候她窝在被窝里，我只能把粥端到床上。在此之前我从未这样照顾过别人，一切都无师自通。当我意识到我享受着这种被需要的感觉时，我开始感到心虚。

我不确定，我和刘姗姗之间到底算什么。

刘姗姗病好了叫我去吃饭，她买了很多菜，让我帮忙一起做饭。做了一桌子菜，刘姗姗开了一瓶红酒，说是要感谢我在她生病期间体贴入微的照顾。吃完饭我们窝在沙发上继续喝酒看电影，那是一部挺无聊的电影，后半段有两段惊艳的床戏，我之前就看过，只是她似乎兴趣浓厚，我便没有提。看到床戏部分，我感到空气几近凝固，我们都忍着呼吸，生怕搅乱这异常的宁静。好不容易激情退去，我们几乎同时长长地舒了一口气。也许是酒精的缘故，也许是受电影里的情欲感染，我们不自觉地就抱在了一起。

从教师宿舍跑出来的时候已经 12 点了，穿过灯光昏暗的楼道，我一口气跑出宿舍楼。我回头看了一眼那间宿舍，窗户还亮着灯，不知道那一刻刘姗姗在做什么，想什么。至少我有些后怕，五分钟之前，我差点就和我的辅导员刘姗姗睡了。我战战兢兢地想要尽快逃离。

寝室 11 点关门，我只好回去敲门，宿管阿姨和我熟，说我两句就放我进去了。躺在床上，我还没缓过来，“师生恋”这三个字压在我心上，让我慌乱的心无法平静。更重要的是，我对刘姗姗可能并没有到爱的程度，我也不确定她是真的喜欢我，还是因为寂寞需要情感倾诉罢了。

不久之后，学院就开始出现我和刘姗姗的流言，确切来说那不算流言，有很多事实我们无法抵赖。这无形中给了我很大的压力。我忍不住去想汪老师，当年，我也是背负着这种来自精神的压力，一度陷入迷茫。

当年上语文课，几个调皮的学生在下面打闹，汪老师批评了他们几句。等她转身写板书，有人折了纸飞机朝讲台上飞，正好飞到汪老师头上，引起一阵大笑。这惹得汪老师在讲台上哭了起来，她身子瘦小，哭起来梨花带雨，身子轻微地颤抖。其他同学都看不下去，为此愤愤不平，可是没人敢出头。我心里火冒三丈想发飙，平时我是怕班上那几个混混的，那一刻我相信我可以战胜恐惧拿出勇气。但是心里的羞耻感让我犹豫不决，我喜欢上一个姑娘，我想为她出头保护她，可是她是我的老师，我不知道我应该怎么做。

暑假我和同学去郊游，我提议叫上汪老师一起，大家都很乐意。那天我们一行人穿过铁路，我不知哪里来的勇气，去拉汪老师的手，汪老师躲过我，我感到莫名的失落。还好那天大家玩得开心，汪老师也并没有因为我的冒失冷落我。合影的时候，女生左右挽着汪老师，我就站在她身后，我一直珍藏着那张照片，让我时常可以睹物思人。

中考失误，我放弃了去国家重点中学的机会，很大的原因在于继续在本校高中部就读，我还能经常看到汪老师。为了能经常见到汪老师，我常常跑回初中部办公室，初中班主任和汪老师一个办公室，每次我都先问候她，再到汪老师办公桌旁边与她说话。我还常常把周记本给汪老师看，只是我不再写和她相关的一切。

到了高二，汪老师结婚，我便很少再去初中部找她。

被学院领导叫去谈话后，我突然特别想汪老师，第二天我就去火车站买票跑了回去。下了火车我连家都没回，直奔学校，我并不知道当天汪老师有没有课，在不在学校。我坐在校门口等着放学，等着她出现在人群中。最终我等到了汪老师，还有她的老公和孩子，我想了很久，一直到他们快要消失在我的视线里才追上去。

汪老师的老公高高瘦瘦，戴着眼镜，看上去特别斯文。他们一家三口坐在我的对面，为了让汪老师能够和我好好说话，她老公一边吃饭一边照顾着孩子。原本我心里有很多话想说，见到汪老师之后却不知从何说起。于是整场谈话几乎变成了她问我答，无非是关于大学、专业、恋爱、未来就业之类的问题。我丝毫不反感，只是心里有忍不住的失落。

终于有一天，我们都活成了最现实的样子。

父亲的女人

家里那个女人突然消失了，留下凌乱的房间，一只贪吃的肥猫，还有一封简短的信。她一定走得很匆忙，否则不会连房间也不收拾干净。她也走得很彻底，带走了能带走的一切，除了我。

本该马上通知在外出差的父亲，可是我什么都没做，躺在沙发上一口气喝光了冰箱里的所有啤酒。爬到她的床上，抱着她喜欢的毛绒公仔沉沉地睡了一天一夜。直到我再次醒来，面对空荡冷清的房间，我才意识到她真的从我的生命里消失了。

我又看了一遍那封信，信上这样写道：我爱过两个男人，不枉此生。

她走了，我原本应该解脱。我再也不用面对我和她尴尬的关系，不用整天装作这一切都无所谓，更不用每晚与她隔着一面墙暗自悲伤。我这样想着，想着想着悲伤就涌上心头，失声痛哭起来。

她和我爸结婚的时候我 20 岁，她只大我两岁。我爸本想请家人朋友吃个饭，同时宣布他重组了家庭。她面露不悦，不过一瞬而过，她放下筷子，全然不顾我在旁边，对着我爸撒娇：“亲爱的，我一心与你过一辈子，难道不值得一场盛大的婚礼？”

我爸有些为难，转头问我意见，我给他添了半杯红酒：“爸，我没意见。”他有些诧异，原本他以为我会反对他为我找个如此年轻的后妈，没想到我从头到尾都表现得无所谓。“但是，爸，我有个要求，给我买一套房子，我想搬出去住。”

他们同时面露尴尬。

我不喜欢她，第一眼看见她的时候甚至心生厌恶。我爸领她回家的那天，如往常一样，我躺在沙发上看美剧，门突然开了，我爸搂着一个年轻艳丽的女人，两人一身酒气。她看到我，明显感到意外，我没有理会他们，关上电视回到房间。过了一会儿，我去冰箱里拿酒，听到房间里传出他们做爱的呻吟，在我爸带回来的女人里，她的声音是最大的，听起来凄厉放荡。

从小到大，我爸在我眼里是个近乎完美的男人，帅气，有才华，厨艺好。唯一的遗憾就是我妈早逝，他孤身一人很多年。我妈在我三岁的时候生病去世，我对她几乎没有印象。我爸说起她时，我总觉得是在说一个与我无关的人，不能引起我任何的情感共鸣。这些年，我与我爸相依为命，他把所有的精力都投入到事业和我身上。

早些年我爸没有带过女人回家，我不知道他在外面是否有女人。有许多女人想成为这个家的女主人。我爸曾经总是带着我去相亲，一个年轻英俊又多金的男人自然招女人喜欢，她们有离异的成熟少妇，有未婚的年轻女人，有的也带着一个孩子。每次我都坐在我爸的身边，对方看到我，都夸我长得漂亮，可爱。我不知道那是出于真心还是敷衍，或是奉承。我从未都不搭理她们。每次相完亲，我爸总是询问我：“今天这个阿姨怎么样？喜欢吗？”

“我不喜欢，你喜欢就好了。”我总是这么回答。

我遗传了我爸的所有优点，唯独有一点却像我妈——冷酷。我爸不止一次这样说我：“你和你妈一样，除了亲人，对别人都过于冷酷。”

“人是需要温度的。”这是我爸对我说得最多的一句话。

温度是什么？这个问题困扰了我很多年。

以往我爸很忙，他尽了最大的努力照顾我，一有时间他就亲自给我做饭，接送我去学校。哪怕这样，我们相处的时间也并不多。他总是特别忙，一天到晚电话不断，也常常工作到深夜。无数个周末我都一个人度过，无数个夜晚我都独自入眠。我习惯了一个人的世界。所以，她带着她的肥猫来到我的家，让我特别不习惯。

我爸不在的时候，我随意在家里赤裸着身体，上厕所不用关门，睡到中午才起床，把家里搞得乱七八糟。她来之后，这一切我都不能做，更不能带朋友回家喝酒打麻将，不能带女孩回来窝在沙发上看电影。不到半个月我们就大吵一架，我爸回家的时候硝烟正浓。她看到我爸，几乎是一瞬间，眼泪喷薄而出。我爸上前抱住她，对我使了个眼色，这无异于火上浇油，我摔门而出。

我没想到她会主动找我和解。我当时靠在床头，拿着我妈的相框，自从他们结婚，我爸就把我妈所有的照片搬到我的房间。我妈年轻的时候长得漂亮，一头长发，笑起来还有一对酒窝。我想当年他们一定是很相爱的。我从来都理解他，最近这两年他常带我出去应酬，有时候我们一起去酒吧喝酒，他一直保养得很好，看起来不过 30 多岁，我们常被人误认为兄弟。他突然开始往家里带女人也是最近两三年的事，都是些在外面玩乐的年轻女人，每一个都是一夜风流之后我就没有再见过。有一次我们都喝多了，找了代驾把车开回来，我们坐在后排，我爸突然拉过我的手。在我记忆里，自我 10 岁起他就没有再牵过我的手，他的手和以前一样，只是再也不能把我的手全部握在手心。

她敲了几次门我才让她进来。我重新把我妈的照片摆在床头，依然靠在床上。她帮我简单收拾了屋子，才坐到床边。我发现她素颜的时候比化了妆要好看一些，若她不是我的后妈，也许我一点都不会讨厌她。那是我们之间第一次严肃的谈话。

"你心里把我当什么？"她这样问我。

"你觉得呢？"我盯着她的眼睛。

"我只比你大两岁，自然不能让你把我当妈妈，但是你可以把我当姐姐，我会好好照顾你和你爸爸。"

"你知道我爸为什么这些年都没再婚？不是因为我，他只是没有忘记我妈。再说我已经过了需要被人照顾的年纪了，我若需要人照顾，那我应该找个老婆，而不是后妈。”

“不管出于什么原因，他现在需要一个新的家庭。我知道他以前常带女人回来，可是只有我留了下来，我是真的爱你爸爸，我也是真的想好好照顾你们。”

“若是你真的爱我爸爸，你们就好好过吧，我有我自己的生活。”

“我希望你不要对我带着敌意，我相信我们可以和平共处。”她突然软了下来，带着女人天生的柔弱，真诚地、长时间地看着我。这让我怀疑是我欺负了她，嘴里不经意之间就答应了她。

那次谈话之后她转变了很多。她不上班，每天上午去买菜，然后回家做饭，下午约朋友喝咖啡逛街。晚上几乎不出门，但是只要我在家她就尽量给我更多的私人空间。她厨艺不错，还买了烤箱，每天耗费大量时间在厨房里研究菜品。她也喜欢花，自从她来了之后家里鲜花就没有断过。我不知道她是否刻意想要拉近我们之间的距离，我在家看书的时候她也在我的书柜里找书看，我看电影的时候她也坐在沙发另一边抱着猫和我一起看电影。我爸从来不和我一起看电影，他没事的时候就待在书房看书。我们开始有了一些共同话题，从寥寥几句到可以聊上一两个小时。

虽然这样，我还是再次提出来我要买个房子，我爸点头同意。我爸出差，她主动提出陪我去看房子。我看房子只看位置、户型、价格，她比我考虑得周到，每次都拉着售楼小姐详细了解小区的地段、交通、开发商、物业、绿化、周边配套。我从未见过她的这一面，说话干练，眼神犀利，见解独到。那些天我们足足看了十几个楼盘，最终才选下一个我们都满意的房子。交完定金，签了合同，她说晚上我们出去吃饭吧，庆祝一下。我问："庆祝我很快就会搬出去？"她赶紧解释："我不是这个意思，买房子和结婚生孩子一样，这些都是你的人生大事。"我只好点点头。"那回去洗个澡，换身衣服。"她看上去很开心，我不知道是否是如她所说的原因。

我冲了个澡，躺在沙发上玩手机。她也洗完澡，换了身衣服从主卧出来。她穿了一件紧身小黑裙，显得曲线玲珑，身姿曼妙，加上一头黑色的卷发，更多了一分野性的性感。我第一次认真地看她，才发现她其实很有女人味。她打开鞋柜，问我配什么高跟鞋更好看，我说我不懂这些。她认真地思索，像是要赴一场重要的约会，最后拿出一双红色的高跟鞋穿上，对我微微一笑，特别迷人。

我很少约女孩在西餐厅吃饭，而且对方是我的后妈，总感觉气氛有些怪异。但我们全程都很愉快，尤其是她，跟我讲了很多她以前的生活。一顿饭吃下来，我们喝光了一瓶红酒，我的酒量很好，但是她平时可能不大能喝酒，脸颊微红，说话都不利索。我想扶着她，她挽起我的手，整个人都快靠在我身上。我拦下一辆出租车，与她坐在后排，她依然把头靠在我肩膀上。明知司机并不知道我们什么关系，但我还是不时去看后视镜，生怕他发现我们的异常，我的手心都出了不少汗。

回到家，她鞋都没脱就倒在了沙发上，肥猫跑过来看她。我一向不喜欢女人喝醉酒，更讨厌女人酒后与男人上床。这也是我第一次见她就心生厌恶的原因。可是那天我却不觉得她讨厌，她用脚蹬掉高跟鞋，嚷着要喝水。我把鞋放进鞋柜，给她倒了一杯热水，扶她起来，她看着我微笑，一口气把水喝光，又重新躺了下去。

“回房间睡吧。”我俯下身对她说。

她迷迷糊糊地说：“我腿发软，让我躺一会儿。”

“那我抱你进去吧。”说完我就抱起她，她伸手搂住我的脖子，房间特别安静，静得能听到我们的呼吸声和彼此的心跳声。我把她放在床上，她看上去似乎清醒了不少，脸色更加红润，我突然萌生出想要吻她的冲动。我赶紧从她的房间退出来，拉上门，我的身体异常地躁动。我钻进浴室，打开喷头，闭上眼睛，想要清除脑子里胡乱的想法。可我越是想清除这种想法它就越肆无忌惮地滋生，我感到身体里有一种难以抑制的冲动，人可以任意编造谎言，身体从来不会。

躺在床上，我翻来覆去难以入睡。我想起这段时间以来我们的相处，她每天在厨房忙碌的样子，听音乐看书的样子，和我一起看电影哭得梨花带雨的样子，还有晚上喝酒之后性感可爱的样子。我突然意识到我早已经不讨厌她，反倒越来越享受和她待在一起的时光。想到这些，我又想起她和我爸亲密时发出的呻吟声，整个脑子混乱不堪。

人一旦有了欲望往往就难以自控。从那天起我们之间就变得微妙起来，我更愿意亲近她，如果起得早我会陪她去买菜，做饭的时候也去厨房帮忙。我们一起看书、听歌、看电影，甚至还一起去逛街。一种暧昧的情愫暗暗生长。我爸在的时候我们刻意保持着距离，她不再当着我的面与我爸过分亲近，我们之间的气氛也变得有些尴尬。倒是我爸，似乎对我们相安无事的相处颇为满意。

9月，我爸带她去苏梅岛度假。她希望我也去，我说我不想当电灯泡，她有些失望，没有再说话。他们一走我就不想待在冷清的家里，每天晚上去泡吧，白天睡到下午起床。晚上睡不着的时候我就把她的毛绒玩具抱回床上，毛绒玩具上有她淡淡的身体气息，我抱着它，恍惚之间就像抱着她的身体。

旅行回来那天，她为我买了一堆礼物。当天晚上，她做了一桌子的菜，说我这段时间一定都没有吃好。当晚我们喝了很多酒，我爸很少在家里喝酒，也喝得晕乎乎的。她扶我爸回房间休息，我也回到房间脱光衣服裹了浴巾去洗澡，洗完出来正好碰到她穿着睡衣出来倒水。我站在原地看着她，她身材不错，穿上黑丝睡衣显得特别性感，虽然没有开灯，但是透着落地窗外的夜光，我还是看到她凹凸有致的身材。倒完水她发现我站在一边看她，她说了一句早点睡，就低下头急匆匆回了房间。

那晚我躺在床上，满脑子都是她的画面，久久不能入睡。后来我做了一个冗长的梦。梦里她推开我的房门，轻轻地走到我的床前，她低下头亲吻我的嘴唇，然后便褪下睡衣，赤裸着身体躺在了我的身边。我迷迷糊糊，翻过身，我们相拥在一起，激烈地吻了起来，接下来我们几乎同时哭了起来，哭了许久。

早上醒来，房间冷气十足，我发现自己眼角有眼泪流过的痕迹。我浑身无力，头痛不已，一摸才发现额头滚烫，我好像发烧了。想起昨晚的梦来，我又迷迷糊糊睡了过去。直到她来叫我起床，我再一次醒了过来。她正坐在我的床边看着我："你发烧了。"她伸手抚摸我的脸。我一把抓住她的手，用力一拉她就倒在了我怀里。我捧起她的脸，惊恐、悲伤、兴奋都写在她脸上，我耗尽了全身的力气去亲吻她，她内心一定犹豫不决，身体欲拒还迎。

不知不觉，我又睡了过去，恍惚之间感觉到她进进出出，她喂我吃了药，又坐在床边看着我。我想伸手去牵她，她站起来就退了出去。我似乎还听到她轻声地哭了一次。我想我一定是被烧坏了脑子，产生了很多的幻觉。

两天后我才从床上起来，整个人已经好了很多。我走出房间，喊了一声她的名字，没有回应，走到客厅，意外地发现我爸站在窗前。他没有转身，问我好了没有。我回答已经好了。他这才转过身，走到我面前，以我捉摸不透的眼神看着我。"你想不想出国读书？"我爸突然问我。

我的直觉告诉我，我爸已经发现了我和她之间异样的关系。这也许是他认为最好的解决方式，送我出国读书，一切都交给距离和时间。我这才清醒地意识到我自己做了什么，我差点同时毁掉他们两个人的生活，这让我深感不安，只能用力点点头，同意我爸的安排。

筹备出国那段时间，我很少再待在家里，每天早出晚归。跟着我爸去应酬的时间也多了起来，回到家我发现我爸和她之间比以前冷淡了许多，还好我爸依然对她很好。我很自责，却难以改变事实，我甚至不敢正视她，没有和她再说过一句话。只有当深夜来临，因为爱而想念，因为想念而痛苦，因为我的痛苦才深深体会到她的痛苦。她与我一墙之隔，却难以触及。

我想她一定挣扎了很久才做出离开的决定，或许她认为这样能让她从中解脱，也能保全我们父子的感情。可是我呢？背负着这样的愧疚和不安，我需要多大的勇气去面对？

我爸出差回来那天晚上，天上没有月亮，我坐在落地窗前喝酒。门外传来了行李箱的滑轮声，我知道是我爸回来了。他打开门，打开客厅的灯，灯光刺痛了我的眼睛。

我头一天给他打了电话，他说知道了，然后就挂了电话。

我爸叫我帮他放水，他想泡个澡。小时候我爸常给我洗澡，每一次我都要洗很久，我爸以为我喜欢水，其实不是，我只是喜欢这种和他亲近的方式。如今，他坐在浴缸里，我帮他搓背，他的身体已经开始显现出苍老的迹象。他不再是那个年轻的、可以把我举过头顶的父亲，而我却爱上他的女人，亲手毁了他的婚姻，更让人不安的是他始终未曾责怪我。

那天深夜，我躺在床上，闭着眼睛想她，想她会去哪里，开始一段怎样的生活。我又做了一个很长的梦。梦中的我是小时候的样子，我爸和她一起牵着我的手送我去上学。我走在他们中间，他们低头看我，又彼此相视一笑，看上去很幸福。我梦见我爸轻轻推开门，看了看熟睡中的我，抹去眼角的泪水，转身离开。我还梦见我到处寻找那只肥猫，在厨房里找到它时，它慵懒地看了我一眼，我一脚踢过去，它便飞了起来，在空中画出一道弧线。当它的身体着地时，它发出了一声凄惨的叫声。我站在落地窗前，终于泣不成声。

假如，世界上还有一个晶晶

晶晶结婚那天，我在机场候机，从北京飞往巴黎。

登机之后，微信收到一条消息，是一段在教堂的婚礼视频。新郎高瘦，戴着眼镜，看起来温文尔雅；新娘美丽动人，一袭华丽的白色婚纱，仿佛公主般高贵优雅。新郎新娘相对而立，含情脉脉，在牧师的见证下，宣誓结为夫妻。

这个场景我曾经好几次梦见过，同样是在教堂，同样有庄严的牧师，同样是那个我心心念念的新娘，唯一不同的是，梦里与晶晶成婚的那个人是我。

我心里泛起一种难以名状的遗憾和悲伤，忍不住把视频看了三遍。看完视频发现对方还发来一句话：晶晶让我发你的，她说她知道你希望看到她幸福，她让我转告你，她现在很幸福，也希望你拥有自己的幸福。

看到这句话，我再难抑制心中巨大的悲恸，在即将飞往异国的飞机上，热泪盈眶。

想起来，我已经很久没有见到晶晶了。

两年前在上海的匆匆一面，不会是诀别了吧?

去年有一次在北京，我一个人在街边的小店吃午饭。无意间看到一个女孩子，她一头长发，身穿浅灰色风衣，从风中匆匆走来。她的相貌和身材，走路的姿势和张望的神情，一举一动，都像极了晶晶。

我一时没有缓过神来，沉浸在突如其来的紧张和喜悦里，直到女孩儿快要远去，我才慌乱地拿起手机，却已经来不及拍下一张照片。

假如世上还有一个晶晶，我们会不会不是如今这般结局?

女孩儿远去之后，我长久注视着她的背影，情不自禁产生了这个疑问——假如世上还有一个晶晶，我们是否也会相爱，又是否能够永远在一起呢？我沉浸在这个臆想中不可自拔。我想象我们在人群中偶然相遇，想象我们对彼此一见钟情，想象我们牵手走在一起，想象我们携手步入教堂的样子……我在脑子里一点一点构筑起一个罗曼蒂克的精神世界，一个只属于我和晶晶的乌托邦。这一切太过美好，美好到我明明知道这只是我的臆想，却沉溺其中，甘愿在这个梦里沉睡不醒。

可是我也知道，这个世上只有一个晶晶。没有人能和她一样，也再没有一个人可以取代她。

我不止一次问过自己，晶晶到底对我意味着什么。

除了父母，晶晶几乎是我过去二十多年生活的全部。我家和晶晶家在同一条小巷，相隔不到百米。我们只相差五天出生，我妈生完我从医院回家那天，进巷子就碰到晶晶爸爸骑着三轮，风风火火地载着晶晶妈妈去医院，当晚晶晶就出世了。我们还在各自母亲的怀里的时候就注定有了一段不寻常的缘分。那个阳光明媚的春天，两个母亲把我们放在一起，拉起我们的手牵在一起，从此我们一起走过了好多年。

我和晶晶青梅竹马。从出生起，我们一起长大，读同一所幼儿园、同一所小学，初中高中都在一起，直到大学才分开。

晶晶小时候是个假小子，在10岁之前她一直留着短头发，刚记事的时候我以为晶晶是男孩子。我叫他京京，因为当时有部动画片叫《熊猫京京》，晶晶的眼睛小小的，就像那只熊猫。我和晶晶从小就好，别的小女生每天穿花裙子，办家家，跳皮筋。晶晶和她们不一样，她胆子特别大，成天跟着我爬树上屋，和其他男孩子打架，常年在巷子里称王称霸。直到她妈妈把我叫到跟前，告诉我晶晶是小女生，女生要文静，不能老跟着我皮。我跑回家问我妈：晶晶到底是男生还是女生？我妈笑话了我一顿。

我特别生气，扬言要和晶晶绝交。

但是晶晶还是跟着我，只是她开始留长发，穿裙子。一转眼我们就进入了青春期，晶晶已经一头长发，身体开始发生变化，变成了一个漂亮的女生。她一改曾经的调皮捣蛋，渐渐显现出温柔恬静的一面。我不知道如何应对，我不能再和晶晶勾肩搭背去上学，也不能毫无顾忌地亲密，不经意地摸她的头，拉她的手，都会惹得她生气。

在别人眼里，我像晶晶的哥哥一样，照顾她保护她。对晶晶而言，我是那个在外人面前护着她，私下里欺负她的坏蛋。

青春的荷尔蒙在我们的身体里作乱，让人有些无所适从。懵懂青涩的年纪，我们都不愿捅破那层纸，整天吵吵闹闹，小心地躲避着心里的蠢蠢欲动。

中学几年，有很多男生喜欢晶晶，她总是收到各种各样的情书，她会收集起来放在书包里。每过一段时间我们就躲在学校操场的槐树下，一起拆开那些花花绿绿的情书。晶晶让我一封封读给她听，我心里嫉妒，自然不愿意。晶晶却坚持让我读给她听，这些情书有的直白，有的含蓄，有人写诗，有人抄歌，我读得一身肉麻，晶晶也听得面红耳赤。后来我才明白，晶晶并不是真的想知道别人给她写了什么，她是变着法让这些情书从我嘴里读出来，就像我在对她说情话一样。

晶晶精着呢！她是我见过的最聪明的女孩儿、最善解人意的姑娘。晶晶巧妙地化解了这些追求者给我带来的烦恼，她向我敞开了她的心，让我知道她对这些人毫不在意，也让我明白我对她而言有多重要。

那两年晶晶的爸妈下海做生意，没有太多时间照顾她。有时候放学晶晶就跟着我回家吃饭。隔壁的奶奶看见我俩一起回家，总看着我们微笑，笑容里透着一种沧桑和神秘。我那时就有一种感觉，那似乎是一种预示，至于预示着什么，我猜不到，也想不到。

我妈很喜欢晶晶，常常偷偷和我爸说笑：以后晶晶长大了给我们当儿媳，你说好不好？我偷偷听见好几回，脸红着躲开。其实从那个时候开始，我的心里就埋下一粒种子，认定了晶晶以后会嫁给我。

我和晶晶默契地保持着没有说破的爱恋，直到高二那年，学校篮球队的队长追晶晶。此前从未有人像他一样锲而不舍，每天早上为晶晶送早餐，今天一杯奶茶，明天一盒牛奶，无论如何拒绝，第二天又接着送。情书一封接一封，今天退回去，明天又来一封。每天放学，他总在校门口等晶晶，晶晶不理他，他就骑着车一路默默地不远不近地跟在我们后面。

晶晶问我要怎么办，我问晶晶：“你讨厌他吗？”

晶晶说：“他看起来不讨厌，但咄咄逼人，我不知道要怎么办。”

我想了想说：“晶晶，这件事交给我，我和他说。”

一次放学后，我拦住他问：“你到底想干吗？”

他瞥了我一眼：“关你什么事？”说完，踩着自行车就要绕过去。我迅速转动车把手，拦着他的去路，强压心里的怒火：“晶晶不喜欢你，希望你不要再打扰她。”

“哥，走啦，别说了。”晶晶在背后喊我。

“要说也要晶晶亲口对我说，你说算怎么回事，你是她什么人？”

这话激起了我的愤怒，我把自行车往地上一倒，冲上去给了他一拳，和他厮打了起来。晶晶跑上来劝我们，我们全然投入在打斗中，什么都不听。他比我高，力气比我大，很快就占了上风，把我压在地上，钳制住我的双手。想起来，那个画面一定非常不堪，晶晶见我吃了亏，竟然帮我打他，使劲儿踹了他好几脚，直到他从我身上倒下去，我趁机爬起来又狠狠给了他两拳。

晶晶拉住我：“好了，别打了。”我这才发现已经围了不少人在一旁观战，其中还有几个同校的学生。

他被晶晶踹了之后似乎失去了战斗意志。我停下来，看着他慢悠悠地爬起来，带着难堪和无奈的神色看着晶晶。晶晶见我脸上青一块紫一块，急得差点掉泪，问我疼不疼，我说：“没事，我们走吧。”

晶晶牵起我的手，迎上他的目光，一字一句铿锵有力地告诉他：“我是他女朋友，我不喜欢你，也不接受你的追求。”说完她牵着我的手转身就走。我听到身后围观的人群里爆发出一阵欢呼，心生欢喜。

我脸上挂了彩，身上也到处都痛，和晶晶一起推着车，在夕阳的余晖下往家走。虽然打架受了伤，但是晶晶说的话让我感到满心幸福，我在心里一遍又一遍地回想她说的那句“我是他女朋友”，得意得笑出声来。晶晶有些生气，怪我不该和他动手，明明打不过还逞强。可是我却毫不后悔，为了晶晶，就算打输了我也不觉得丢脸。

打架事件之后，我和晶晶心照不宣，没有表白，没有誓言，自然而然捅破了最后那一层纸。

我和篮球队长为了晶晶打架的事很快就在学校传开了，年级主任叫我和晶晶去办公室，问我们怎么回事。我心想晶晶毕竟是女生，还是低调一点好，打算编个理由应付。可没来得及开口，晶晶就向年级主任坦白了事情经过。年级主任说："我知道了，我会核实情况处理他的。那你俩是怎么回事？是不是在早恋？"

我抢过话来："不是，她只是我邻居妹妹。"

晶晶瞪了我一眼，年级主任看在眼里，问晶晶："你是班上的班长，你们班主任可一直很喜欢你，我要听实话。"

晶晶仰着头，一脸正气，"我们是在谈恋爱。"

年级主任脸色一变，转头看向我："你先出去，我要单独和晶晶谈一谈。"

我怕晶晶挨骂，站着没动："这不是晶晶一个人的事，我们要一起面对。"

她气得动怒拍桌子。

放学之后，我在停车棚等晶晶，晶晶打开车锁，没理我，骑着车就走，我赶紧追上去，问晶晶怎么了。问了好几次，晶晶都不理我。

我不知道晶晶是因为什么生气，是年级主任劝我们好好读书，高考完之后再考虑恋爱，还是认为我们只是小孩子过家家，质疑我们的感情。

我们一路骑到黄河边上，晶晶停好车，走在河边望着浑黄的河水发呆。我站在一边，偷偷去拉晶晶的手，晶晶忽然用力抓紧我的手，扭过头说："我知道你不承认我们在谈恋爱是想保护我，可是我不怕。"晶晶看着我的眼睛，坚定地说："没什么能把我们分开。"

我第一次深切地感受到晶晶勇敢执着的一面，也明白对晶晶而言，我才是最重要的那个人。我揽过晶晶的肩膀，紧紧地拥抱她，心里温暖如春。

晚上回家我妈问我："儿子，今天班主任打电话来了，挨骂了吧？"

我没回答，径直进了房间，我妈跟进来："别怕，妈给你撑腰，我给你班主任说了，我和你爸同意你和晶晶谈恋爱，让她别担心，我儿子我还不清楚，只要不耽误学习就成。对了，晶晶还好吧？可不能让我未来儿媳妇受气，你打电话叫晶晶来吃饭吧。"

听我妈这样一说，我忍不住乐了。

后来我妈和晶晶妈妈通了气，为了我们专程去学校和年级主任、班主任交涉。我和晶晶成绩都不错，虽然谈恋爱，但平时在学校并不张扬，老师没再为难我们。那两年是我和晶晶最难忘的时光，除了读书、备考，我们在最好的青春里挥洒时光，在我们共同成长的城市里留下了难以抹去的珍贵回忆。

临近高考，晶晶爸爸生了一场大病，动了手术，从此需要人照顾。晶晶是独女，不忍心离家太远留妈妈一人在家，高考之后瞒着我改了志愿。之前我们一直说要一起考成都的学校，生活突然和我们开了这样的玩笑。后来我被成都的学校录取，晶晶被兰大录取。我不想和晶晶分开，一天都不想。

上大学之后，我常常背着包一个人穿行在陌生的校园，一个人上课，一个人吃饭，一个人去图书馆，一个人喝酒，一个人睡觉。在没有晶晶的日子里，我每天都和晶晶发短信、打电话，无时无刻不在想念她。在此前的 18 年里，我和晶晶从未离得这么远，也未曾分开这么久。在我拉着行李箱爬上火车，晶晶在车窗外与我挥手告别的时候，我就已经开始后悔没有留在兰州。我时常想起那一天，列车缓缓开动，晶晶站在站台上，红着眼眶，用力地向我挥手，直到火车驶离车站，晶晶慢慢消失在我的视线里。

晶晶于我而言到底意味着什么？我们分开之后我慢慢找到了答案。那 18 年里，我和晶晶如兄妹般，互相见证着彼此的成长。我们了解对方的一切喜好，知道对方的所有秘密，我们心有灵犀，能体会对方的一切喜怒哀乐。晶晶甚至就是另一个我。

晶晶第一次来月事的时候吓坏了，心怀恐惧跑来找我，她钻进我怀里，我听到她的心跳得厉害。我并不懂女生来月经意味着什么，只能揽着她的肩，轻轻地抱住她。其实我何尝不是心怀恐惧，我不知道如何面对我们的成长和变化，不知道未来我们会成为什么样子。我担心晶晶长大之后就不再属于我。

高考完的那个暑假，我和晶晶第一次离家，坐火车去北京。我们从未一起出过远门，满心忐忑又激动不已，坐上深夜前往北京的火车，晶晶开心得像个孩子。火车一路向北，晶晶一直紧紧牵着我的手，就像一放手我会丢了她一样。

我们在北京爬长城，逛故宫，去后海划船，逛大街小巷。那是我第一次发现晶晶拍照那么好看，后来我用存了很久的钱买了人生中第一台单反。那是我做过最有意义的事。如果没有那台相机，就不会留下晶晶那么多美好的照片。它记录了我和晶晶八年的时光。这些照片跟随我到成都，后来又跟随我来到北京，在我最孤独的时候，抚慰我对晶晶的想念。

晚上我们住在酒店，那是我第一次和晶晶睡在一起。我特别紧张，以至于手心全是汗。房间很热，我们先后去洗了澡，躺在床上，晶晶像猫一样缩在我怀里。我说，晶晶，我要一辈子和你在一起。说完晶晶就在我怀里哭了起来。我捧起她的脸，为她拭去泪水。那一天，在北京盛夏的夜里，我第一次看到晶晶的身体，晶晶害羞地让我关掉了灯。我在黑暗中颤抖着双手探索她，在我梦里出现过无数次的模糊的身体，在我的手中变得生动形象起来。不知不觉我竟湿了眼眶，我贴在晶晶耳边，哽咽着说："我爱你。晶晶，我爱你。"

晶晶爸爸去世的时候，正值期末考试，我没能赶回兰州。回到兰州那天下着小雨，我拉着行李箱走进巷口，晶晶撑着伞在雨中等我。许久不见，晶晶瘦了一圈。我放下行李，上前将晶晶拥入怀里。晶晶把脸埋在我的脖子上，哭着对我说："我没有爸爸了。"晶晶的眼泪顺着我的肩往下流，她哭得身体微微发抖。我说："晶晶，还有我呢。"说完我忍不住也掉了眼泪。

大学那几年，我和晶晶来往于成都和兰州之间。有时候晶晶来成都看我，有时候我回兰州去看她。晶晶特别喜欢成都，我们几乎走遍了成都的大街小巷。有一次我带她去熊猫基地看熊猫，说起小时候看的动画片，还说起我以为晶晶是男孩子的糗事。时光一晃我们都长大了，晶晶已经出落成一个漂亮的姑娘了。

在学校，晶晶陪我去上课，她安安静静地坐在我的旁边，我听课她便看书。晚上我去社团写稿子，她就躺在我的腿上睡觉。夜色如水，时光如水，爱情如水，晶晶如水。那些有晶晶在身边的日日夜夜，是我人生中最快乐的日子。

每年到了晶晶生日，我都会回到兰州与晶晶一起过生日。晶晶 20 岁那年，我用去她家翻拍的她的照片和我为她拍的照片，做了一本相册送给她，每一张照片后面我都写了一句想对她说的话。两年前与晶晶最后一次见面，我想问晶晶发现照片后面的那些话没有，终究还是没有问出口。

当初和晶晶一起看《两小无猜》，晶晶哭了一场，她问我青梅竹马的两个人为何要以这种方式彼此伤害。我笑着摸她的头，因为他们足够相爱啊。我一直以为我和晶晶一起经历了那么多，我们的爱已经深入骨髓，我以为我和晶晶无论如何都不会分开。后来我才明白，正是因为太相爱，爱才变成了负担。越是熟悉亲近的人，越是彼此在乎的人，一旦伤害到对方，这种伤害远远超出其他任何人给的。

家庭的变故让晶晶快速成长，对爱的极度渴求因为长时间的分离和无处寄托的思念，像慢性毒药般渐渐腐蚀着我们，让我们常常备感孤独。那个年纪，我意气风发，雄心勃勃，想要闯出一番天地；而晶晶，特别渴望平静安稳的生活。毕业之后，我打算去北京发展，晶晶想留在兰州——我们共同成长的城市。我注意到晶晶脸上的失落和隐隐的担忧，不过我并没有在意。还有很多很多的小事，一点一点积累，让我们之间出现了嫌隙。

终于有一天，我们发生了激烈的争吵，吵完后晶晶扭头就走。我们第一次没有牵手，没有说话，隔着半米的距离，各怀心事，路灯把我们的影子拉长，又拉长。漫无目的地走了许久，路过一排长椅，晶晶突然坐了下去，埋头哭起来。我站在原地，渐渐平复的情绪再起波澜，我最怕晶晶哭，最怕她难过。我轻轻坐在她身边，轻轻搂着她的肩，她哭得更厉害，哭得让人心碎。

我不记得后来我们到底争吵过多少次，这些争吵在一点点蚕食着我们对爱情的全部希望。我们从互相理解到互不相让，不知不觉中，晶晶让我觉得陌生起来。当晶晶再一次失望而决绝地甩开我的手独自离去的时候，我突然意识到晶晶已经不再是那个因为初潮恐惧得钻进我怀里的小女生了，也不再是那个在北京街头紧紧牵着我的手怕走丢的小女孩了。从她第一次流着泪坐火车回兰州开始，从她一个人面对父亲去世、家庭变故开始，从她一个人在异国他乡交换学习开始，她早已学会独立面对生活的艰难和情感的疏离，不再是那个依赖着我长不大的晶晶了。

我曾问过晶晶："晶晶，你觉得爱情有期限吗？"

晶晶回答我说："这个问题应该交给时间，时间能证明一切。"

我从来没有想到我们真的会有分开的一天。直到那一天到来，我才发现原来晶晶早已离我远去，只是我始终未曾发觉。若不是晶晶提出分手，我还沉浸在我以为的美好里。

我从来没有恨过晶晶，当她告诉我她爱上别人的时候，我只是难过。那种难过里包含了我对过去的怀念和不舍，包含了我对晶晶的歉意和自责，我让曾经最爱我的人对我失去了爱的能力。

晶晶的离去仿佛抽走了我一半的灵魂，我从此变得残缺不全。我从世上最幸福的人变成了人群里最普通的人，放眼望去我找不到自己。最令我难过的是，原本属于我的爱情从此变得遥不可及。那段时间，我很想念小时候停电的日子，那时候只要停电晶晶就来找我，我们围着一支蜡烛，就有无限的幸福。伸出手，就能握住光明的感觉，后来再也没有过，大概也不会再有了吧。

每年冬天我都特别想念北方，想念它灰蒙蒙的大地，不再被遮挡的视线和显得格外灿烂的阳光。特别是大雪过后，全世界都变成一片白色，我常常和晶晶在雪地里奔跑。大概比起北方的冬天，我只是更想念晶晶罢了。

我记得晶晶考全校第一开心的样子，记得第一次亲吻晶晶她害羞的样子，记得教会晶晶打游戏她兴奋的样子。我记得晶晶送我的第一份礼物，记得我们共同许下的所有愿望，记得和晶晶度过的无数个日日夜夜。这些我都记得。

晶晶，这一切你还记得吗？

毕业之前，我签了北京一家公司，离开成都之前，我回了一趟兰州。我跑到我与晶晶常常去的黄河边。黄河的水如往日般浩浩汤汤，暗藏着汹涌波涛。就像我们的生活，表面波澜不惊，实则早已沧海桑田。它让我开始怀疑这座我熟悉的城市，怀疑我过去多年的生活，怀疑我自己。那些曾经印刻在我心里的回忆开始变得模糊起来，就像我和晶晶的爱情，也终于显现出残忍的一面。

我们彼此深爱，却在时间的长河里将爱情一点点磨掉，最后变得面目全非。

晶晶曾经一次又一次从远方赶来，带着所有对我的期盼，怀着对我们未来的全部憧憬，一次次满怀期待，一次次失望离开。直到最后我才明白，晶晶想要的是曾经陪伴在她身边的那个我，是那个爱她胜过一切的我。

而我，终于还是把这一切都弄丢了。

FONGHONG
凤凰联动出品